猫耳のお嫁様

高峰あいす

幻冬舎ルチル文庫

CONTENTS ✦目次✦

猫耳のお嫁様

✦カバーデザイン＝久保宏夏(omochi design)
✦ブックデザイン＝まるか工房

イラスト・のあ子✦

猫耳のお嫁様

うららかな春の日。無事高校三年に進級した佐上弥生《さがみやよい》は、いつものように枕元で鳴っているスマートフォンの目覚ましアラームを消して、ベッドから起き上がる。

特に代わり映えのない、ごく普通の一日が始まる……筈《はず》だった。

会社を経営する父と、専業主婦の母。独立して家を出ている二人の兄。端《はた》から見ればとても恵まれた家庭で育った弥生だが、一つだけ不満がある。

それがこの『弥生』という名前だ。

なんでも女の子が欲しかった母が、三人目も男だと分かった後でも譲らず付けてしまったのだという。

上の兄二人は父に似て強面《こわもて》だけれど、弥生は母そっくりで高校生になった今も男子の制服を着ているにもかかわらず女子と間違えられてしまう。

流石《さすが》に母も申し訳なく思っているのか『嫌なら改名して構わない』と言われているが、幸い周囲にはからかったり虐《いじ》めたりするような友人はいないので今のところ保留になっている。

「母さん、おはよー」

「おはよう。弥生」

キッチンで朝食の支度《したく》をしている母の背に声をかけ、欠伸《あくび》をしつつ洗面所へ向かい顔を洗って鏡を見た。

——髪、伸びてきたから、そろそろ切らないと。また女の子に間違えられてナンパとかされたら最悪だし……あれ、まだ夢見てる？

鏡の中には、現実とは思えない物が映っていたのだ。弥生はもう一度顔を洗い、改めて鏡に向き合う。

しかしそれは、消えていない。

「……猫耳……？」

幼い頃はよく、歳《とし》の離れた兄達からからかわれる事もあったけれど、今は二人とも独立して家を出ている。

だから何かをするとすれば一緒に住んでいる両親だが、父は一昨日《おととい》から急用で出かけているし、母は簡単に言えば生粋のお嬢様。誰かを疑ったり騙《だま》したりするような性格ではないから、悪戯《いたずら》なんてできるわけがない。

弥生は自分の頭ににょきりと生えた三毛柄の猫耳を引っ張ってみる。すると頭皮に、鈍い痛みが走った。

「痛いってことは、本物っ？」

元々生えている人の耳の少し上に、ぴんと生えている三角の猫耳。引っ張れば痛いし、撫《な》でるとくすぐったい。

事態が飲み込めないまま暫《しばら》く猫耳を弄《いじ》っていた弥生だが、ふと我に返った。

「なにこれ！」

息子《むすこ》の叫び声を聞いて、母が慌てて入って来る。けれど誰しもが天然だと断言するほどの母は、やはり偉大だった。

「あらあら、可愛《かわい》いじゃない」

「これ本物だよ！　よく見て！」

「そんなのすぐに分かるわよ。だって毛並みがぬいぐるみと全然違うもの」

驚かせていると勘違いされたと思ったが、母は弥生の頭に生えた猫耳が血の通ったものだと見抜いた上で、微笑《ほほえ》んでいる。

「……どうしよう。変な病気かな」

「こんな可愛い弥生が外出したら、誘拐されちゃうだろうし。困ったわね……とりあえず、今日は学校へお休みするって連絡入れるから。そうだ、パパにも連絡しないと」

どこかずれた心配をしつつ、母がエプロンのポケットに入れていたスマートフォンを取り出す。

暫くして繋《つな》がったのか、母が弥生の頭に猫耳が生えたと話し始める。

「話したって、信じないと思うよ」

当事者の弥生だって、今も悪い夢なんじゃないかと疑っている程だ。しかし母は途中から口を噤《つぐ》み、珍しく真顔になった。

そして通話を切ると、真剣な顔で弥生に向き合う。普段はほんわかとした雰囲気を湛《たた》える母だが、いざとなるとても頼りになる。単に甘やかされて育ったお嬢様ではないと分かる変わりぶりだが、母が真面目《まじめ》になるという事は、つまり緊急事態だという意味を持つ。

「弥生。パパの所へ行くわよ。何日か泊まるかもしれないから、準備して」

「えー、明後日《あさって》は友達と映画見に行く約束してるんだけど。それまでに帰れる？」

「いいから、早く支度しなさい。行き先はパパの本家。あと多分、伯父《おじ》さんが入院してる病院にもお見舞いへ行くと思うから、ちゃんとした格好してね」

「伯父さん、入院したの？」

初めて聞かされた弥生は驚くが、母は既にエプロンを脱いで着物を置いてある部屋に直行してしまう。

数年前に社長である伯父が体調を崩してからは、弥生の父が社長として就任した。本来なら伯父夫婦の子供が継ぐ流れになるのだろうけど、『家業は継ぎたくない』と言って現在は全く関係のない職業で独立している。

伯父としても持病を抱えた状態で働くよりは、早めに退いて落ち着いた生活がしたかったらしく、会社の利権などは割合スムーズに譲渡された。

そんな経緯もあるので多少揉《も》めはしたが、現在の関係は良好で特別問題もない。

「兄さん達に連絡は？」

「弥生からしておいて。ママ、ネットはよく分からなくて」

「分かった。メールしておく」

「耳の事も書いておいて。心構えができてた方が、お兄ちゃん達もいいでしょ」

逆効果のような気もするが、慌ただしく荷造りをしている母に何か言っても聞き入れられそうにない。

――よく分からないけど。言うとおりにしよう。

ともかく、緊急事態だと分かったので、弥生も急いで部屋に戻って旅行用の鞄に数日分の着替えを詰め始めた。

「そうだ弥生！　門脇《かどわき》君にだけ、あなたの耳の事は伝えて構わないから。誠司《せいじ》から有美《ゆみ》さん経由で話が行っちゃうだろうし」

誠司とは、二番目の兄だ。その婚約者の有美は、弥生の親友である門脇鉄也《てつや》のはとこに当たる。

「分かった！」

鉄也は、幼稚園に入る前から家族ぐるみで付き合いのある友人だ。父の会社とも取引があり、単純に資産の面では門脇の方が格上だけれど気さくな友人として付き合いは続いている。

今は家を出ている次男の婚約者が、門脇家の親族という事もあって親戚《しんせき》付き合いもある。

恐らく母なりに、息子の友人関係を気にして彼にだけは正直に伝えるよう言ってくれたのだろう。

弥生はすぐにＳＮＳで冗談のような近況を伝えた。

するとと短い言葉の中に焦りを感じ取ってくれたのか、『戻ったら詳しく話せ』とだけ返事があり少しほっとする。

こんな時、余計な詮索をしないでくれる友人の存在は有り難《がた》い。

数時間後、手早く荷物を纏《まと》めた弥生は母に連れられて、父の本家がある北陸に向かった。


「――見合い？」

午後からの会議に向けて資料に目を通していた二条博次《にじょうひろつぐ》は、怪訝《けげん》そうに顔を上げた。

「門脇様からの紹介です」

まだ二十八歳の自分へ生真面目に頭を下げているのは、秘書課のトップとして先代から会社を支え続けてくれている初老の社員だ。

数年前、二条グループの中心であるこの貿易会社の社長だった父が突然『疲れたから、引退する』とあっさり特別顧問へと退き、海外で研修中だった長男の自分が呼び戻されたのである。

役員会でそれなりに揉めはしたものの、父の人徳と博次自身が大学時代からＩＴベンチャー企業を立ち上げて実績を残していた事もあり、現在では業績も順調だ。

とはいえ、若い社長は何かと目立つ。博次も周囲の勧めと企業のイメージアップも兼ねて、押しかけるメディアの対応は仕事に支障が出ない限り積極的に受け入れた。しかし世間では『独身の若社長』という単語が一人歩きをしたあげく、いつの間にか花嫁《はなよめ》募集中だと噂《うわさ》されるようになっていたのだ。

家柄はそれなりに古いものの、両親や近しい親戚が揃《そろ》って恋愛結婚だったこともあり、珍しく許嫁《いいなずけ》などは決められずに生きてきたが、それが裏目に出てしまった。パーティーに出ればポケットには見知らぬ女性からの名刺が勝手に入れられ、取引先からは毎日のように見合い話が持ち込まれる。

この一年、事情を知る親しい人達の尽力もあり、アプローチはかなり減ったが思い込みの激しい数名が未《いま》だにストーカー紛いの付きまといを続けていた。

当初どうすればいいのか分からず、精神的に参りかけていた博次の窮状にいち早く気付いたのが、古くから家同士で付き合いのある門脇の当主だった。

未だにお見合いという言葉に対して嫌悪感があると知っている筈なのに、何故《なぜ》門脇家がそんな話を伝えてきたのかが疑問だ。

秘書は若社長の表情から心境を察したらしく、落ち着いた声で続ける。

「表向きは『お見合い』という事で、本題は別にあるようです。珍しく先代や親戚の方々も乗り気になっている話ですから、お会いになってみたらいかがでしょうか」

父は表向きは顧問だけれど、今は母と共に悠々自適の老後ライフを送っており、博次の仕事や恋愛に一切口出ししない。良くも悪くも放任主義の両親に代わって博次を支えているのは、財閥《ざいばつ》系にしては珍しく軋轢《あつれき》の少ない良好な親族関係と、古くから付き合いのある同業者のお陰だ。

「門脇の親戚か？」

これまでも何度か、二条家と門脇家の間で縁を深めようとしたことはあったようだが、タイミングが合わないままこの両家は単なる『友人』としての付き合い止まりである。

両家とも機会があればと話をしているのは知っているので博次が問いかけると、秘書が首を横に振る。

「いえ、門脇家には現在ご親族に未婚の子女はございません。お相手は門脇家当主の息子さんの友人だと伺《うかが》っております」

「息子……確かまだ、高校生だろう」

その友人だとすれば、当然相手の年齢も同じくらいだ。

まだ結婚など意識していないだろう少女と自分の年齢を考えると、流石に申し訳ない気持ちになる。

「ええ。ですので、向こう様も何か事情があるようでして。見合いを口実にそれぞれが抱えている問題を解決できるのではと、門脇様が提案されたと聞いております」

「カモフラージュという事か」

博次側としては、お見合いの事実が広まれば言い寄る女性は当然減る。

特に門脇家が関わったとなれば、取引先も事実上日本を仕切る企業を二つも敵に回すのは得策でないと判断して諦めるに違いない。

「それで相手の事情とやらは聞いているか？」

「いいえ。代わりに門脇様は、見合いの相手がこちらだとはお伝えしていないと言っています」

断った場合でも、相手が博次に執着しない配慮だと博次も気付く。

ともかく、長年付き合いのある門脇家の紹介なら信用できる。

「分かった。相手の都合もあるだろうから、日取りは門脇の方に決めて貰《もら》おう。ただ相手には、私と見合いをしたことでストーカーからの被害を受ける可能性があると隠さずに伝えてくれ。無論、極力守りはするが……何も知らせずにこんなことに巻き込んでしまったら可哀《かわい》想《そう》だ」

「かしこまりました」

そして話はあっと言う間に纏まり、その週末には門脇家がよく利用する料亭で見合いが行われる事になった。

「博次君、久しぶりじゃな」

「門脇老。どうしてあなたが……？」

通された和室で待っていたのは、見合いをセッティングした門脇家の当主ではなく更にその上の人物。つまり現在の当主の父、実質門脇グループの全権を握っている老人だった。

数年前に隠居してからはパーティーなどに顔を出さなくなったものの、彼の発言力と人脈は健在だ。

家同士の繋がりを抜きにしても、幼い頃から可愛がってもらっていた博次からすれば実の祖父のような存在でもある。

「いやなに、君の件も息子から聞いて何とかしてやれないかと思っとったんじゃがな。先日、孫からも相談を受けてなあ」

老人の横には豪華な華の刺繍《ししゅう》が施された振《ふ》り袖《そで》姿の少女と、その母らしき落ち着いた婦人が座っていた。

ただ奇妙なのは、その少女が黒い帽子を被《かぶ》っている点だ。つばが広く所謂《いわゆる》『女優帽』と呼ばれる類《たぐい》の物だ。

和装に帽子というのも奇妙だが、見合い相手の博次が向かいに座っても俯《うつむ》いたまま微動だにしない。

門脇老が政界にも通じている重鎮と知らない筈がないのに、少女も婦人も非礼を詫《わ》びることもせず黙ったままだ。

「この子は孫の友人で、佐上弥生君だ。佐上家は、聞いたことがあるじゃろ」

「ええ」

佐上家は不動産関係を主体にした金融業を営んでいると記憶している。余り目立ちはしないものの、代々の社長が何事にも真摯《しんし》に対応する事は知られており、悪い話は聞いたことがない。

「では、こちらは」

「儂《わし》の娘だ。まあ、色々あってな。佐上に嫁《とつ》いだ。その縁でこの子の次男とも縁ができた」

品のある婦人がにこりと笑って、頭を下げる。

――では門脇老に、妾《めかけ》とその娘がいたという噂は本当だったのか。

動揺が顔に出てしまったのか、婦人が大らかに笑う。

「気になさらないでね。お妾さんの子でも不自由はしてないし、むしろ遺産争いから外して貰えて気が楽なの。それと誤解のないように言っておきますけれど、私と夫は恋愛結婚ですからね。押し付けたとか、そういうことではないの」

「いえ……あの」

「お父さんは悪い事したって自覚はあるから、嫌いにならないであげてね。それと……今日の本題はこの子の事なんです」

どう返答すればいいのか戸惑う博次に、それまで微笑んでいた婦人が真顔になる。

隣に座る門脇老も、眉間《みけん》に皺《しわ》を寄せた。

「いつまでも隠していても始まらんからな。弥生君、ご挨拶を」

「はい」

少女にしては低い声に内心首を傾《かし》げるが、相手が帽子を取った瞬間そんな疑問は吹き飛んだ。

「っ……」

「佐上弥生、です」

少年は帽子を握りしめたまま、申し訳なさそうに頭を下げている。彼の頭には、三毛柄の猫耳が生えていたのだ。

動揺して言葉が出ない博次に対して、門脇老が声をかける。

「人助けと思って、彼と婚約者として暫く生活してもらえんじゃろうか？　博次君としても悪い話ではないじゃろう」

続いた言葉に、何故少年を見合い相手として紹介されたのか、やっと合点《がてん》がいく。

少し前にも、博次は押しかけてくる女性に辟易《へきえき》し偽装婚約を試みた事があった。幸い事情を知る友人が快く協力してくれたのだ。

しかし、結果はストーカーを逆上させるという逆効果で、協力してくれた女性が暴力を受けそうになり途中で断念したという経緯がある。それならばいっそ、同性の婚約者がいる事にして、押しかけてくる相手を幻滅させれば良いという考えなのだろう。

ある意味捨て身の決断だが、現状をすぐに打破するには打って付けとも思える。

「二人だけで話をしたいのですが。構いませんか？」

「ええどうぞ。お父さん、後は若い二人に任せましょう」

にこにこと微笑む婦人に促され、門脇老も席を立つ。襖《ふすま》が閉められて二人きりになると、少年がやっと顔を上げた。

「えっと、あの……」

「その猫の耳は、どうしたんだい。教えてくれるかな」

母親似の大きな黒い瞳を潤ませ、弥生と名乗った少年が再び俯いてしまう。恥ずかしいのか、黒髪から覗《のぞ》く人間の耳と、襟足《えりあし》の首筋が真っ赤に上気している。

「……本物です。伯父が本家にあった猫の祠《ほこら》を壊したせいで、呪《のろ》われちゃったみたいなんです。信じられませんよね……」

今の時代、呪いという言葉は知っていても、実際に起こるなど誰も思わない。だがこうして対峙《たいじ》している弥生の頭には、確かに猫耳が生えている。

「触ってもいいかい？」

「は、はい」

きょとんとしている弥生の猫耳へと、博次はそっと手を伸ばす。

「ひゃっ」

耳の先に触れると、指から逃げるように耳だけが後ろに伏せられた。

「すまない、痛かったか？」

「いえ、自分以外の人に触られたの、初めてで……くすぐったくて」

「君の方の問題は、その耳だね？　私の事情は、門脇老から聞いているかい？」

こくりと、弥生が頷《うなず》く。怯《おび》えたように猫耳が震え、思わず撫でてしまいたくなる衝動を博次は必死に堪《こら》えた。

――まずい。

マスコミが勝手にイメージを作り上げてしまったせいで、ごく親しい友人以外には仕事に関しては真面目だが融通が利かず、誰に対しても厳しい人物と思われている。

二十八歳という年齢もあり、若造と嘗《な》められないためにもそのイメージは上手《うま》く利用してきたが、本来は猫と読書が趣味の穏やかな性格だ。

特に猫に関しては写真集が出れば買い、テレビで猫特集があれば録画するほど好きで、一時期秘書に『社内に猫部屋を作れないか』と相談し揉めた事さえある。

――この猫耳があるから、門脇老は私が断らないと践《ふ》んで引き合わせたな。

だが門脇老の紹介とはいえ、会ったばかりの少年に本性を曝《さら》すのは問題だろう。もし彼がネットなどで私生活を拡散するような性格なら、自分にも会社にとっても致命傷になりかねない。

「えっと。偽装で婚約者が必要だと聞きました。僕もこの耳を消すには、結婚相手が必要らしいんですけど……その、まだ詳しい条件が分からなくて。それで友達の鉄也……その、門脇のお爺ちゃんの孫なんですけど。その鉄也に相談したら、お爺ちゃんが『形だけの婚約でいいんじゃないか』って提案してくれて……」

必死に説明しているようだが、弥生本人も現状の把握ができていないらしく要領を得ない。けれど嘘《うそ》をついているようにも見えないし、現実に彼の頭には猫耳が生えている。

「君の詳しい事情は分からないけれど、今回のお見合いは門脇老の提案なんだね」

「はい」

「あの方は多方面に人脈もあるし、私達の悩みを同時に解消できると考えて場を設けてくれたのだろう。私としては、君を婚約者として受け入れたいと思うのだけれど。どうだろう」

「いいんですか？」

驚いたように弥生が顔を上げて目を見開く。

「しかし、私の方もかなり面倒で。以前、牽制《けんせい》として受けた見合い相手が、数日後に中傷の手紙を送られている。駅のホームで突き落とされかけたこともあった。勿論《もちろん》君の事は全力で

守るが、不愉快な事がないとは言い切れない」

「大丈夫です」

はっきりと答える弥生に、博次は内心驚く。

先程まで同席していた婦人とそっくりな可愛らしい顔立ちに振り袖がとてもよく似合っているが、やはり中身は少年なのだと思う。

「ではよろしく頼む」

「えっと、あの。実は、名前を聞いてないんです。教えてもらってもいいですか？」

「申し訳ない。君の姿に見惚《みと》れて名乗るのを忘れていた。私は二条博次。二条グループの代表を務めている」

「二条……って。えーっ、そんなすごい方にご迷惑をかけられません！」

急に慌てだした弥生の猫耳の毛が逆立っている。

相当焦っているのが分かるが、そんな姿も子猫のようで可愛らしい。

「迷惑はお互い様だ。むしろ君の方が大変かも知れない。男と婚約なんて、偽装でも嫌だと言うのは分かる。けれどももし、協力してくれるなら私にとってはとても有り難い」

「嫌だなんて思ってません！　でも本当に僕なんかでいいんですか、二条様」

「なら決まりだな。それでは今から、君と私は婚約者同士だ。様なんて他人行儀に呼ばす、名前で呼んで欲しい。私も君を、弥生と呼びたい」

「はい」

その後、再び門脇老と弥生の母が同席の下、佐上家側は『猫の呪いが解けるまで』、二条家は『財産目当てで近づいてくる女性を遠ざけるため』という利害を前提に、同居に合意した。


「なんでこんな事になるんだよ！」

「大きな声出さないの」

門脇家の用意してくれたリムジンで家に帰る途中、二人きりで何を話していたのか母に聞かれた弥生だが答えるより先に文句が口を突いて出る。

しかし息子の反抗程度でめげる母親ではない。

「それでどうだったの？」

「鉄也のお爺ちゃんと話した時と同じ事を言われただけ……ていうか、相手が二条グループのトップだなんて知ってたら絶対断ってたよ」

「あらどうして？」

「申し訳ないし、なんかあの人……怖い」

――目が怖かった。なんて説明しても、母さん納得しそうにないし。

気遣う言葉を言ってくれたが、弥生から見た第一印象は『視線が鋭くて怖い人』だ。

半分くらいは以前二番目の兄が『俺の一つ上なのに、この経歴……化け物かよ』とぼやいていた話から来る勝手な思い込みだと思うけれど、二条博次と言えば財界で知らぬ者はいない若手のエリートだ。

業界誌には海外留学先で十代のうちに飛び級を認められ経済学の博士課程を修了、在学中に起業して実績を上げ、その後は系列企業で勉強をし父の引退と同時に社長へ就任。

現在は二十八歳の若さで二条グループのトップに君臨しているだけでなく、部下からの信頼もあると聞く。

――なんでそんな人と、偽装でも婚約しなくちゃいけないんだよ。

同性である事などどうでもよくなるくらい、格差がありすぎる。佐上家もそれなりの家柄だが、二条家と比べれば微々たる資産しかない。

「良かったわねー、あの人絶対いい人よ。弥生のお婿《むこ》さんにぴったりね」

「母さん、冗談やめてよ。二条さん、僕の事滅茶苦茶睨《にら》んでたんだからさ。優しいこと言ってくれたけど、本当は気持ち悪かったんだよ」

「そうかしら。猫耳の生えた弥生が可愛くて、見惚れちゃったんじゃない？」

母の指摘通り『見惚れた』と言われたけれど、あれはどう考えてもお世辞に決まっている。

あるいは、緊張している弥生に向けた彼なりのジョークだったのかも知れない。

――だって猫耳が生えてるのに、気持ち悪いとかなら分かるけど……。

「まさか、そんなことあるわけないよ」

軽く触れられた瞬間、くすぐられたような奇妙な感覚が背筋を走り抜けて変な声を上げてしまったのは大失態だ。

大体今回の事も、いくら猫耳が生えたと友人に話したことが発端とはいえ、母が門脇の縁者でなければ見合いの席だって設けられることはなかったはずだ。

と、ここで弥生は、改めて母に向き直る。

「それより僕、母さんの事情を初めて聞いたんだけど。どういうこと？」

運転手を気にして小声になるが、母は相変わらずのほほんとしている。

「あら、話してなかったかしら？　お兄ちゃん達には言ってあるから、忘れてたのかも。でも大丈夫よ、有美さんとママは血縁じゃないから」

「そういうことじゃなくてさあ」

母が親友の祖父の妾の子だというのも、衝撃だった。

確かに母の言うとおり、母と門脇家との確執はないのだろう。そうでなければ、門脇家の跡取り候補である鉄也と友人関係を続けられるなどまず無理だ。

「あのさ……もしかして、本家へ戻る前に鉄也に事情を言えって言ったのって……」

「気が付いちゃった？　ママが門脇のお爺ちゃんに直接連絡するのは、止められてるのよ。でも鉄也君に話せば、絶対その日のうちに話が伝わるでしょう。そうすればきっと、解決に動いてくれると思ったの」

ほやほやとしているように見えるが、やはり母は家族の中で一番敵に回してはいけないと長男が言っていたのを思い出す。

「ねえ、弥生。利害なんて考えないで、二条さんとくっついちゃったら？　あの人、絶対に弥生の運命の人よ」

「なんで分かるのさ。ていうか、あの人も僕も、男なんだけど」

しかし母は弥生の言葉を聞いているのかいないのか、相変わらずの持論を展開する。

「ママの勘に決まってるじゃない。パパと出会ったときも、すぐに『あ、絶対私この人と結婚する』って分かったもの」

それと、と母が更にとんでもない事を言い出す。

「弥生は学生なんだから、避妊はちゃんとしなさいよ」

「何言ってるんだよ母さん！」

「そうそう、ママは明日からまた暫く本家に行くからね。弥生は博次さんのマンションに行ってね。引っ越しの手配は済ませてあるから、帰ったら必要な物を纏めておきなさいね」

既に決定事項なのは、口調から知れる。恐らく弥生と二条が話している間に、母も門脇老と何かしら協議していたのだろう。

「待ってよ、いきなり明日から二条さんの所で暮らせって事？　向こうの都合だってあるだろうし」

「だって、あちらの悩みを解決するためにも、早く同棲した方がいいでしょう？　もう決めちゃったんだから諦めなさい」

こうなると弥生が何を言っても無駄なのは、長年の経験で分かりきっている。

一人機嫌の良い母の隣で、弥生は帽子を目深《まぶか》に被りなおし深い溜息《ためいき》をついた。


翌日、母に半ば引きずられる形で弥生はタクシーに乗せられた。

「二条さんと仲良くしなさいよ。何かあったら、本家に電話して」

それだけ告げると、母は運転手に行き先のメモを渡して踵《きびす》を返す。

その手には大きなトランクがあり、自宅の鍵をかけて颯爽《さっそう》と歩き出す母の後ろ姿が走り出した車内から見えた。

――行くしかないって事だよな。

合い鍵も取り上げられている上に、既に昨夜のうちに母が二条と話を付けてしまったようで、午前中に自宅マンションへ伺いなさいと突然告げられたのだ。

おっとりしている母だが、一度決断すると行動は早い。

どちらにしろ、猫耳が生えたままでは弥生は高校に通えず、引きこもるほかない。婚約者として体裁を整える必要があるときに呼び出されても、自宅からではすぐ二条の元まで駆けつけられないので同棲案が採用されたのだ。

小一時間ほど走ると、タクシーは都内の閑静な住宅街に建つ低層マンションの前で停まる。既に料金は支払われていて、弥生はボストンバックを一つ抱えた身軽な出《い》で立《た》ちで門の前に立つ。

オートロック式のドアに戸惑っていると、ロビーへ続くガラス扉が開いてスーツ姿の二条が出てきた。

「君の事は、コンシェルジュに話をしてある。鍵よりも、指紋認証の方が楽だろう？　手続きはすぐに済むから、こっちに来てくれ」

「は、はい」

何が何だか分からないうちに、最新式と思われる防犯システムに指紋を登録されてしまう。これで弥生がこのマンションへ入るとき、そして二条の部屋へ入る際は自動的に鍵が開くのだと言われた。

ロビーにはコンシェルジュが常駐しており、外出しなくても買い物からクリーニングまで様々なサービスを受けられることも教えられた。

「五階のワンフロアが私の家になっている。それぞれの階に一家族、一つのエレベーターがあるから出入りの時には指紋認証が必要になるんだ」

そして、万が一指紋登録した指に怪我《けが》をした場合にと、特殊なカードキーを渡された。どうやら弥生のために、わざわざ作ってくれたらしい。

玄関先まで案内される間、弥生は二条の言葉を俯きながら聞いていた。

内心とんでもない所へ来てしまったと、改めて背筋が寒くなる。

弥生の通う高校は比較的裕福な家の子が多い私立校なので、友人には家柄を含め国内外でも名の知れた家の跡取りも多い。

今回の件に関わった友人の門脇鉄也は、そんな生徒達の中でもトップクラスの家柄だ。何度か自宅へ遊びに行ったことはあるので、執事やメイドといった職業の人達を見たことはある。

以前、佐上家にも通いの家政婦が来ていたからさほど珍しいとは思わない。

——でも、こんなマンション初めて。それもワンフロアって、僕の家より広いよね。

ファミリータイプならまだしも、独り身でこんなマンションに住んでいるなんて驚きだ。

「どうした。顔色が悪いようだが」

「……なんでもないです……」

「そうか」

じろりと睨まれ、弥生は身を竦《すく》ませた。

――やっぱり怖い！

見合いの時と同様、前髪を上げた二条はその整った顔立ちがより強調されて余計に怖く感じる。

「やっぱり。僕、家に戻ります」

「それだと意味がないだろう。君には婚約者として私の側にいてもらわないと困る」

「ですよね……」

元々そういう約束で来たのだから、ここで帰ってしまったら本末転倒だ。

それに家の鍵は母に取り上げられているし、本家に行ったところで追い返されるに決まっている。

少し考え込んだ弥生は、一つの案を思いつく。

「近くに友達のマンションがあるから、そこに住まわせて貰えないか頼んでみます。門脇鉄也って言って、お見合いの席にご一緒したお爺ちゃんの孫だから、僕の耳の事も知ってるし」

「どうしてそうなるんだ」

「え？」

眉《まゆ》を顰《ひそ》めた二条は、明らかに不機嫌になっている。

「君と私は婚約しただろう？　同棲して何の不都合がある。むしろ友人とはいえ、他の男性の家に住み込む方が問題じゃないか。いくら親しい友人でも、いや——親しいからこそ間違いが起こったら困るだろう」

——間違いって、どういう意味？　でも二条さん、マジギレしてるのは本当だよな。

これはお互いの利害の一致で実行される、偽装婚約だ。

更に言えば自分は男だから、女友達の家ならともかく、男友達の家に泊まるのは良くないと諭される意味が分からない。

だが、佐上家と二条家の力関係を考えれば、彼に逆らうのは良くないと判断する。

いくら弥生の親友が門脇の本家筋でも、現時点で実権を握っているわけではない。

「……よろしくお願いします」

「分かってくれたのなら、それでいい」

いくらか優しい眼差《まなざ》しになった二条に、弥生はほっとする。

一部屋分くらいある玄関に入ると、すぐ目の前には広いリビングがあって弥生は目を見張る。大きなガラス窓から見えるのは、背の高い常緑の木々だ。

低層マンションで周囲には住宅街が広がっていると頭では分かっているけれど、まるで郊外の別荘にいるような気分になる。

「君の部屋は、この奥だ。気に入らなければ、別の部屋に移動してくれて構わない。私では何が必要なのか分からないから家具は適当に用意したんだが……他に必要な物があれば、言って欲しい」

通されたのは、十畳ほどの部屋。

ベッドにソファ、テーブルなど柔らかい色合いと木を基本にした家具で揃えられている。やけにクッションの類が多い気がしたけれど、弥生が寛《くつろ》げるよう二条なりに配慮してくれた結果だろう。

「十分です。こんな綺麗《きれい》な部屋に居候《いそうろう》させてもらえるなんて、思ってなかったから驚きました」

「婚約者が滞在する部屋だからね。できる限り快適に過ごせるよう考えたつもりだ。今日からここが君の家なのだから、好きに使ってくれ」

「ありがとうございます」

本心は分からないけれど、少なくとも冷遇する気はないようだ。

――鉄也のお爺ちゃんも関わってる事だし、あからさまに酷《ひど》いことするわけにもいかないんだろうな。

昨日会ったばかりで、正直二条の人となりは雑誌と兄からの伝聞でしか知らない。

そしてお互いの関係は、利害の一致。

友人として歩み寄るには、十七歳の弥生と二十八歳の二条では差がありすぎる。

会話が途絶え、気まずい空気が流れる。と、二条が腕時計を確認して踵を返す。

「すまないが、私はこれから会議がある。夜は遅くなるから、先に食事をしていてくれ。不都合があれば、内線でコンシェルジュを呼べばいい」

「もしかして、お仕事中だったんですか」

「そうだが」

当然のように返されて、弥生は改めて今日が平日だと気付く。いくら社長といえど、個人的な用件で休むわけにはいかないのだろう。

――てことは、午前休取って待っててくれたって事？

夜に来るようにと連絡すればいいだけなのに、彼はわざわざ待っていてくれたのだ。

お礼を言おうとしたけれど、時間が押していたのか二条は急いで部屋を出て行ってしまう。

閉じられた玄関の扉を呆然《ぼうぜん》と見つめてから、弥生は与えられた部屋に戻る。

広いベランダ付きの部屋は南向きで、柔らかな陽光が差し込んでいる。ベッドもソファも広くて柔らかく、昼寝をするにはもってこいの造りだ。

着替えや、勉強道具をクローゼットにしまうと、特にすることもなくなる。

必要な物は買えばいいと言われたけれど、私物を勝手に増やすのは躊躇《ため》われた。

「ヒマだ」

必要な物は何でも揃っている。時間つぶしにノートパソコンでネットを見てもよかったけど、それもなんだかつまらない。

だからといって教科書を広げる気にもならず、弥生は広すぎるベッドに転がると口をへの字に曲げる。

「……好きに使っていいって言ってたよね」

流石に家主のいない間に室内探検は躊躇われたので、弥生は共同スペースであるキッチンに向かう。

そして徐《おもむろ》に冷蔵庫を開けると、小さく唸《うな》った。

「やっぱりね」

独身男性の、一人暮らし。

仕事も忙しいとなれば、中身は想像通りの惨状だった。

ミネラルウォーターとレンジで温めるだけの冷凍食品が数点、申し訳程度に隅に置いてあるだけ。

「栄養補助食品がぎっしりじゃなくて良かったけど。これは酷いよ」

苦笑しつつ、二条の体調が心配になってしまう。台所には食材だけでなく調理器具も最低限のものしかない。

「炊飯器だけ、今度買って貰おうかな」

仕事柄、会食も多いのは父や兄を見て育ったので仕方がないと理解している。

しかし佐上家には、母という家事のスペシャリストがいた。

父と結婚した当初は病弱で、兄達が高校に入るくらいまでは家政婦が頻繁に出入りしていた。弥生が生まれてからは徐々に体調を崩すこともなくなり、気が付いた時には家事の全てを母が取り仕切っていた。

母曰《いわ》く『今のご時世、男だって家事は一通りこなすべき』とのことで、忙しい父以外は徹底して料理から洗濯までを仕込まれたのである。

特に弥生は自分で料理を作る事が好きだったので、日頃から母の手伝いをしていた。

そんな経緯もあって、この冷蔵庫の惨状は見ていて辛《つら》い。

「時間はあるし、料理でも作ろうかな。でも買い物には出られないし……そうだ、こういう時のための、サービスがあった」

先程、緊張しながら説明を聞いていたのでうろ覚えだが、確かコンシェルジュに連絡すれば、買い物やクリーニングの代行をしてくれる筈だ。

サービスとはいえ、人に物を頼むのは少し苦手だけれどそうも言っていられない。内線で買い物をお願いすると、三十分ほどで弥生の希望した食材などが届けられる。

受け取る時になってお金の持ち合わせがないと気が付いたが、請求されることもなく品物を渡される。

「これ、二条さんの家賃に上乗せになるんだろうな。後で母さんに電話して、料金振り込んで貰おう」

いくらなんでも勝手に買った食材の分まで、彼に負担させる気はない。

「料理作る前に、アレルギーがないか調べておかないと」

こういう時、有名人はネットに情報が載っているので便利だ。スマホで二条のプロフィールを調べると、幸いアレルギーはないと分かる。けれど好きな物も分からず弥生は仕方なく最近凝《こ》っている和食を作り始めた。

「野菜は茹《ゆ》でておけば、夜食のおひたしにできるし。煮物と、酢の物も作っておこう」

温め直しても食べられるおかずを作りながら、鍋でご飯を炊《た》く。

簡単な料理を作っていたが、慣れないキッチンでの作業で思いがけず時間がかかってしまった。

気が付けば夕方になっていて、弥生は慌てて風呂《ふろ》掃除をして湯を張る。と、その時玄関のドアが開く音が聞こえた。

「おかえりなさい、二条さん」

「……ああ」

出て行った時と同じ、低い声に弥生は緊張する。

キッチンから漂う香りで、弥生が料理を作っていた事は察しただろう。

「あ、あの」

「作ってくれたのか」

「はい」

「面倒な事なんてしないで、好きな物を頼んで良かったんだぞ」

「勝手にキッチンを使って、ごめんなさい」

迷惑だったかと青ざめる弥生に、二条が視線を合わせないまま答える。

「どうして謝る？　折角作って貰った料理が冷める前に、頂いてもいいかな？」

こくりと頷くと、二条は着替えると言いおいて私室に入ってしまう。

――怒ってる？　でも食べるって言ってるし……。

訳が分からないけれど、とりあえず二人分の食事をテーブルに用意し二条を待つ。戻ってきた彼は上着とネクタイを外しただけの姿で、椅子《いす》に座った。

そして……まるで最後の晩餐《ばんさん》のように緊張した食事が始まる。

料理には自信があったし、親戚の集まりや友人を呼んでパーティーを開いたときも、弥生の手料理は好評だったのでそれなりに自信はある。

けれど二条は食べてはくれるけど、何も言わない。

「どうでしょう？」

「何がだい？」

「その、料理……」

「手料理を食べるのは久しぶりだ」

どこかずれた返答に、弥生は肩を落とす。

しかし味や好みなど、気軽に聞き出せるような雰囲気ではない。

結局まともな会話の一つもなく食事が終わり、二条はシャワーを浴びるとそのまま部屋へ戻ってしまった。

廊下でこっそり耳をそばだてると、中からキーを叩《たた》く軽快な音が聞こえてくるので、持ち帰った仕事をしているのだろうと推測する。

――忙しいのは分かるけど……。

見合いの席と違って、二条は必要以上に関わろうとしない。翌朝も朝食を用意したが、食べはするけれど特別会話もなく出社してしまう。

そして帰宅してからは、昨日と全く同じ。弥生が『やっぱり迷惑だった』と考え始めるまで、そう時間はかからなかった。

――会話もないし目も合わせてくれないし。時々僕を睨んでて、怖いし。

たまにリビングで寛いでいると、頭の辺りに視線を感じて振り返ると二条と視線が合うことが度々ある。

言われなくても、彼が弥生の猫耳を気にしているのは明白だ。

「あーっ。気持ち悪いなら門脇のお爺ちゃんの顔を立てたりしないで、正直に言ってくれればいいのに！」

同居三日目で、つい弥生は我慢の限界に達した。

女子のような顔立ちのせいか、勝手に大人《おとな》しい性格だと思われがちな弥生だが、兄弟の中では一番気が強い。

今日までは佐上家の立場を考えて我慢していたけれど、もう無理だ。

「おかえりなさい」

夜、七時きっかりに帰宅した二条を、弥生は玄関で出迎える。

エプロン姿で睨み付ける弥生に、二条が意外な事を切り出した。

「君に話がある。とても重要な事だ」

「僕も同じです」

どうやら彼も、この生活に思うところがあったようだ。丁度いいとばかりに、弥生はリビングに戻りソファに座る。

「この際ですから、納得いくまで話し合いましょう。まずは二条さんの考えを聞かせて下さい。門脇家に告げ口なんてしませんから、思ってることを全部話して下さい」

すると二条は怪訝そうな顔をして、どうしてか弥生の隣に腰掛ける。そして手にしていた紙袋を、弥生の膝《ひざ》に置いた。

それは有名デパートの紙袋で、渡された弥生は首を傾げる。

「君にプレゼントを買ってきた」

「僕、誕生日じゃありませんよ」

家族なら記念日や何やらで渡すこともあるだろうけど、彼とは三日前に暮らし始めたばかりだ。

「そういった記念日でなくても、距離を近づけるには良いだろうと判断したんだが」

――あれ？　なんか想像していた話し合いと違う。

やはり同居は無理だと、文句を言われるものとばかり思っていた弥生は想定外の展開に少し慌てる。

「迷惑だったか」

「嬉《うれ》しいです！　驚いちゃっただけで……開けてもいいですか？」

「気に入ってくれるといいんだが」

心なしか、彼の声が優しさを帯びたような気がする。しかしちらと見れば、表情は相変わらず硬く視線も冷たい。

――気を遣ってくれるし、悪い人じゃないんだろうけど。どうして睨んでくるんだろう。

ともかく、弥生はなるべく彼の視線を気にしないようにして袋を開ける。

「……マタタビ粉？　こっちは、猫じゃらしだ。オーガニックの布でできた、ぬいぐるみ？

へー猫用の座布団《ざぶとん》や毛布もあるんだ」

それらの品を袋から出して、テーブルに並べる。

明らかに猫用のオモチャや嗜好品《しこうひん》に、弥生はどう反応したら良いのか分からなくて困惑してしまう。

「猫はマタタビが好きだと、店員から聞いたんだが」

微笑みながら弥生の反応を窺《うかが》っていた二条だが、次第にその表情が曇り始める。弥生の様子から、何かが違うと感じ取ったらしい。

「猫にマタタビって言いますもんね。でも僕、マタタビ食べたことないし」

「そうなのか」

微妙に気まずい沈黙が落ちる。

ちらっと二条を見ると、彼も困り果てた様子で俯いていた。

――嫌がらせって訳でもないみたいだし。二条さんなりに、僕が欲しがりそうなものを考えてくれたのかな。

猫耳が生えているけれど、弥生は行動や思考まで猫になってはいない。しかし殆《ほとん》ど会話をしていない二条からすれば、『猫になりかけているのだから、嗜好も猫になっている』という考えに至っても仕方ないだろう。

黙ったままの弥生に、漸《ようや》く二条も自分の判断が間違っていたと気付いたらしく、しまったという顔になる。

「申し訳ない。勝手な思い込みで、君の心まで猫になっているとばかり」

「いえ、いいんです。怒ってませんよ。実際、猫耳生えてるし、勘違いしちゃうのも無理ないですよね」

頭を下げる二条を遮り、弥生はわざとおどけたように言う。

勝手な思い込みをしていたのは、自分も同じだ。

まともに話したのは見合いの席でだけ、それも緊張していたのでどんな会話をしたのかあまり覚えていない。

第一印象の『なんとなく怖い』という感覚も、兄の愚痴が根底にあったせいだ。

至近距離にある二条をじっと見つめると、鋭いだけと思っていた眼差しがいくらか和らいだ気がする。

そして何より、同性の弥生から見ても悔しいくらいにイケメンだ。黙っていれば、知的で頼りがいのある好青年。

同年代の兄が羨《うらや》むのも分かる気がする。けれど本質は、少し違うらしい。

「二条さんて、残念なイケメン？」

つい口に出して言ってしまうと、今度は二条がきょとんとして首を傾げる。

「ざんねんな？　なんだい？」

――今の困った顔、可愛い……って言ったらマズイよね。

「えっと。格好良くて仕事もこなして、雑誌でもインタビューされてて。とにかく完璧ってイメージがあるのに。ちょっと抜けてるっていうか――つまりギャップがあるみたいな意味です」

説明すると、二条はなんとなく察したのか焦った様子で口を開く。

「雑誌の対談は、かなり編集されていて勝手に作り上げられたものなんだ。嘘をついて話を盛っている訳じゃないが、書かれている内容が私の全てでもない。信じて欲しい」

「落ち着いて下さい。えっと二条さん、猫が好きなんですか？」

話題を変えようとしてみるが、二条はテーブルに並ぶ猫グッズを眺めて項垂《うなだ》れる。

「……君が苦しんでいるのに、失礼な事をしてしまった」

「あの、僕は気にしてませんから」

「君は優しいんだな」

自分の中で勝手に作り上げられていた二条のイメージが変化していくのが分かる。

会社では若きリーダーとして自分にも他人にも厳しくしているけれど、元々は優しい性格なのだ。

――もしかしてこの部屋、僕が猫として居心地がいいように二条さんが考えてくれたのかな。

南側にはベランダに通じる大窓。カーテンの色に合わせた座り心地の良いソファと、毛足の長いラグ。やたら数の多いクッションや、ふかふかのベッドも合点がいく。

気難しい顔で部屋の家具を選ぶ二条を想像してしまい、思わず吹き出す。

「良かった。二条さん、怖い人だと思ってたから。って僕の方が失礼ですよね」

「怖いかな」

「ずっと難しそうな顔してるし。笑わないし。だから猫耳も本当は、気持ち悪いのかなって。心配でした」

するとに何故か、二条が更に顔を近づけてくる。

「君の猫耳はとても可愛らしいよ。三毛の柄も程よいバランスで、尖《とが》った部分が茶色なのもいい」

「二条さん？」

力説する彼に対して若干引いてしまった弥生に、二条も気が付いて頭を抱える。

「すまない……実はその、見合いの時もそうだったが。こんなふうに失礼な真似《まね》をしてしまうだろうと自分で予想が付いたから、あえて無関心と無表情を心がけていたんだ」

「平気ですよ。お見合いの時は初めて触られて、くすぐったかっただけだし。それにちょっとしか触ってないじゃないですか。気持ち悪いって思われるより全然嬉しいです」

――やっぱりこの人、可愛い！

日本を担う若きリーダーなどと持ち上げられているが、元々の性格はひたすら優しい猫好きの青年だと分かる。

急に親近感がわいて、弥生は思わず彼の手を握った。そして軽く頭を下げる。

「猫好きなんですね！　こんな事になっちゃったけど、僕も猫が好きなんです。猫だけじゃなくて、犬や鳥も好きで。でも母さんが喘息《ぜんそく》持ちだから、飼えなくて」

「そうなのか。私はこの通り一人暮らしで出張も多いから、飼うのを我慢しているんだ」

「猫が好きならたくさん触って下さい」

言うと二条の手が、恐る恐るといった様子で弥生の猫耳を撫でる。

指先から伝わるのは、まるで繊細なガラス細工に触れるような優しさと僅《わず》かな怯えだ。

「もっと強く触っても平気ですよ」

それでも戸惑っている二条の指を摑《つか》み、弥生は猫耳に押し付けた。指先から伝わる二条の体温は暖かく、弥生は心地よくて目を細める。

「二条さんが雑誌に書かれてるとおりの人だったら、こんなふうに優しく触ったり話なんてしてくれないですよね。女の人が来たときだけ、僕と婚約者ごっこをすればいいだけだし」

「それではまるで、君を利用しているだけになってしまう」

「え、利害の一致で一緒に暮らすって事じゃなかったんですか」

「それはそうだが。それだけだと、余りにも寂しいじゃないか。同居をするのなら、お互いの事を知るべきだと頭では分かっていたのに、どうも勇気が出なかった。本当にすまない」

真面目すぎる返答に、弥生は絶句する。

——この人、本当は人がいいんだ。

だから、ストーカーのように他人に依存するタイプから目を付けられるのだ。二条なりに相手を拒絶しているのだろうけど、彼のように正攻法で諭そうとしても感情的になった相手には通じない。

その結果、追いかけてくる女性達は二条の甘さにつけ込んでストーカーを繰り返すのだ。

会社では完璧で、部下を纏めるには申し分ない能力と性格だと思う。

けれどプライベートは、とても放っておけない。

それまで二条との同居を解消する方向でいた弥生は、考えを改める事にした。

「良かった。本当は僕の事は邪魔だけど、門脇のお爺ちゃんの顔を立てて、言い出せないいんだろうなって思ってたんです」

「それで、話し合いをしたいと言ったのか」

「はい」

頷くと二条が溜息をつきつつ呟《つぶや》く。

「もっと早く話をしていれば、この数日間不安に過ごさせることもなかったのに。どうにも私は駄目だな。君にまた、不愉快な思いをさせてどうしようもない」

「不愉快？」

全く心当たりがないので聞き返す。

「何の事ですか？」

「ストーカーの件だよ」

二条の手が猫耳から離れていくのがなんとなく寂しい。真面目な話をしようと改めて向き直った二条は難しそうな顔に戻ってしまう。

「門脇老から、見合いで二人きりにしてもらったときに『ストーカーから危害を加えられるかも知れない』と話した事を咎《とが》められたんだ。守るのは当然の事なのに、そんなふうに言ったら、怪我をしても仕方ないと脅してるようなものだとね」

「全然気にしてないですよ！」

むしろ正直に話してくれた上に、二条は守ると約束してくれたのだ。初対面の印象は『怖い人』だけど、約束を破るような人には見えなかった。

「他にも、君の猫耳に触ったり。名前で呼びたいと言ったのは私なのに、一緒に生活を始めてからはろくに会話もせず。申し訳なかった。その、緊張していてね」

「えーっ。二条さん……えっと博次さんならいつでも触っていいのに」

「本当か？」

再び笑顔に戻った博次に、つられて弥生も笑顔になる。

「こんな耳でよければ、いつでもどうぞ」

ちょっとだけおどけて言えば、何故か博次が眉を顰めた。

「とても可愛いのに、そんな言い方をしてはいけない。弥生によく似合っている……また失礼な事を言ってしまった。すまない」

「だから、謝らないで下さい。博次さんに言われると、なんだか嬉しいし」

「なら、よかった」

「――えっと僕、弥生って名前じゃないですか。母さんが女の子が欲しくて先に名前を決めちゃったんです」

急に話題が変わって博次が戸惑っていると気付くが、弥生は構わず続ける。お互いにちゃんと話をすると決めたのだから、知っておいて欲しい事なのだ。

「名前の事は怒っていないし、友達とも仲いいし虐めもないです。でも子供の頃はからかわれてて。女の子みたいとか、可愛いとか。ちょっとコンプレックスだったんです」

相手は何気なく言った言葉でも、幼い弥生は傷ついた。成長するにつれて、言葉の意味にはからかいではなく褒める気持ちも含まれていると分かったけれど、それでも納得して受け止めるのには時間が必要だったと続ける。

「それで、幼稚園の頃は鉄也によく庇《かば》って貰ったりしてて。今じゃ笑い話だけど」

「弥生……やはり私は君に対して失礼な事を」

「ここからが重要です」

語気を強めて遮り、弥生は真《ま》っ直《す》ぐに博次を見つめた。

「博次さんが僕を可愛いって言ってくれるのは、嫌じゃないです。それに」

一呼吸置いて、弥生はにこっと笑う。

「僕からしたら、博次さんも可愛いです」

「私が可愛い？」

「はい」

本気で驚いているのか、博次がぽかんと口を開く。こんな間の抜けた顔を知るのは自分以外に何人いるのかと、不意に胸を過《よぎ》る。

でも気にしても仕方がない事なので、弥生ははっきりと告げる。

「格好良くて、可愛いです」

「君は本当に。なんというか……弥生のような人と話をするのは初めてだ。君と話をしていると、とても楽しい」

「わあっ」

いきなり抱きしめられ、弥生は声を上げた。けれど博次の体温が心地よくてつい、体をすり寄せてしまう。

多少、猫としての性質が現れているのか、温《ぬく》もりが心地よくて堪《たま》らない。

「ふにゃあ」

「今のは、君の声か？」

無意識に猫のように鳴いてしまった弥生は、恥ずかしくなって顔を博次の胸に埋める。けどすぐに、余計恥ずかしい体勢になったと気付いて離れようとしたけれど抱きしめる腕は全く動かない。

「あ、あのっ。ごめんなさいっ」

猫耳だけなら許容範囲としても、流石に声まで猫になったとなれば話は別だろう。弥生自身、自分の鳴き声に戸惑ってしまう。

「気持ち悪いですよね」

しょぼんと項垂れる弥生の耳元で、博次が優しく宥《なだ》めてくれる。

「いや、本当の猫みたいで可愛いよ」

——あれ、なんか変な感じ。

背中を撫でていた博次の手が、弥生の肩を抱く。ごく自然なその動きに、なんとなく身を任せてしまう。

ふと顔を上げれば、更に近い距離にある博次と視線が合わさった。

——近くで見ると、格好いいんだよな。

実業家なのに、雑誌でグラビア特集を組まれたこともある博次は同性から見ても整った顔立ちをしている。

二人の兄も大分モテたと聞いているが、どちらかといえばごつくて美形とは少し違う。弥生自身に至っては、完全に母の血筋と分かる童顔で、上級生の女子からは『お人形さん』とからかわれる程だ。

だから博次のような、精悍《せいかん》な顔立ちには憧れがある。

——前髪下ろしてると、優しい雰囲気になるんだ……髪と目、少し色素薄いのかな。茶色がかってて綺麗。

ぼうっと見惚れていると、不意にチャイムの音がリビングに鳴り響いた。

「え、お客さんなら一階のドアで確認が入る筈なのに」

我に返った弥生が首を傾げると、博次が溜息をつきつつ立ち上がる。

「もうこの家が分かったのか。例のストーカーだよ……手引きをしている人物が住んでいるか、元からいた住人が買収されたかのどちらかだ。また引っ越す羽目になるのか」

「そんなことまでするんですか？」

「私も最初は、弁護士から説明されても信じられなかったよ」

口ぶりから、これまで何度も間に人を挟んでの遣り取《やと》りがあったと分かるが、それでも相手はしつこく付きまとっているのだ。

資金力もそうだが、好きな相手に嫌がられていると気付いている筈なのに、平然としている相手の根性に半ば感心する。

――ストーカーって、本当に相手のこと考えないんだ。

「ご両親にも警告しているんだが、私が根負けして付き合えばいいとでも考えているみたいでね。裏から親が協力しているのが三人、あと二人は友人に嘘をついたり借金をして人を雇って私の動向を調べている」

「そこまで分かっているのに、どうにもできないんですか」

「これでも半分以下に減ったんだよ」

苦笑する博次の顔色は、明らかに曇っている。

「ごめんなさい。博次さんが困っているから、僕が同居して追い払う作戦を立てたんですもんね」

憔悴《しょうすい》しきっている博次をこれ以上追い詰めては本末転倒である。

付きまとう女性がどういう相手でも、とにかく追い払うのが弥生の役目なのだ。

「大丈夫です。僕が対応しますから、博次さんは座ってて下さい」

「そういう訳にはいかないよ」

言い合う間にも、チャイムは鳴り続け扉を蹴《け》るような音も混ざり始める。いくら階ごとに住人が分かれていても、これ以上騒げば流石に近所迷惑になる。

弥生は博次の手をすり抜けて玄関に向かうと、大きく息を吸い込んでからドアを開けた。と、ここまでは威勢がよかったけれど、目の前に立っていたのは小柄な女性で拍子抜けする。

黒髪に清楚《せいそ》なワンピース姿の女性は、二十歳《はたち》前後だろうか。

いかにも『お嬢様』といった彼女に、弥生は僅かに戸惑う。その瞬間を相手は見逃さなかったらしく、女性とは思えない力で弥生の肩を摑み殴《なぐ》りかかってきた。

「あんた誰よ！　許可なく私の博次さんに近寄らないで！」

「だ、誰って……私はこの人の許嫁で佐上弥生」

咄嗟《とっさ》に弥生は女性のふりをする。

一瞬微妙な空気が流れた後、女が金切り声を上げた。

「バカじゃないの？　そんな嘘に騙されないわよ！　大体あんた、男じゃん！」

——そりゃバレるよね。

髪の毛を振り乱して怒鳴る女は、まさに般若《はんにゃ》だ。元が整った顔立ちをしているせいか、半狂乱になって叫ぶ姿に圧倒される。

「えっと。落ち着いて」

「うるさい！　どっか行けっ、私が博次さんと結婚するのよーっ」

「私は本気で、彼と結婚するつもりで同棲している。これ以上、私の婚約者を侮辱するならそれなりの対応をするが」

背後から聞こえてきた博次の声に、弥生は内心ほっとする。

「博次さん、親戚から私との結婚を反対されてる上に、こんな変態の世話まで押し付けられて可哀想。あんた、さっさと出て行きなさいよ。こんな猫耳付けて媚《こ》びてるの？」

「いい加減にしろ」

弥生の猫耳がカチューシャとでも思ったのか、女が手を伸ばす。しかし摑まれる寸前で、博次がその手を叩く。

ぱしんと乾いた音が響き、般若のような顔をしていた女性が呆《ほう》けたように弥生と博次を交互に見る。

「確かに彼は男性だが、私は婚約者として愛している。親族も同意の上での同居だ。他人に侮辱される筋合いはない」

博次の婚約者が男だと明かすのは、あらかじめ織り込み済みの戦略だ。多少面白おかしく噂されるリスクを覚悟で、あえて同性と婚約したことにすると決めてある。

見合いの前に、門脇の方から説明されたとき、そこまでしなくてもと弥生は思ったが、そうしなければならないほどに追い詰められてた状況なのだと実感する。

――色々試して、最終的に相手を幻滅させて引かせるって方法にしたんだ。

クラスにもアイドルの追っかけをしている友人はいるが、ここまで執着はしていない。共学なので恋愛で揉めている同級生も少なくないけれど、ここまで本格的なストーカーは初めてだ。

「えーっと、そういう訳だから。諦めて下さい。博次さんは、僕みたいな猫耳男子が好みなんだって」

「ああ、私は彼以外を恋人にする気はない」

上手く話を合わせてくれた博次に内心ガッツポーズを取るが、どうやらストーカー女子はその程度ではめげないようだ。

「嘘よ！　詐欺だわ」

「いや……だからこうして同棲してるじゃん」

「だから！　それが嘘なの！　こんなの悪夢よ」

玄関先で泣きわめく女性の言葉は、次第に支離滅裂になっていく。呆《あき》れられたり驚かれたりしても、それも計画のうちなので弥生も博次も黙ったままだ。

しかしいつまでもわめかれるのは厄介なので、博次が常駐している警備員に連絡をして引き取って貰う。

「……とりあえずは、成功ですね」

「ああ。しかし君の名前が知られてしまったから。彼女が悪い噂を流す可能性が高い」

「なに言ってるんですか。こうするために僕は同居してるんですから、全然平気です」

女性から悪い噂を流されたとしても、最初からリスクは覚悟の上だ。

——それに、あんなのに付きまとわれてるなら、早く解決してあげないと博次さんが参っちゃうよ。

様子からして、ストーカーの女性は弥生の存在にショックを受けていた。これが演技でなく、本気で婚約していると思わせればかなりダメージを与えられる。

——それにこっちも、博次さん以外の人が僕が婚約者だって認めれば、きっと呪いも解けるし。

元々は、その利害が一致した結果での同居だ。

「まだ家まで来そうな女の人はいるんですよね。気を引き締めて撃退頑張りましょう！」

「君がそう言ってくれると、心強いよ」

ドアを閉めると、博次が弥生の猫耳を優しく撫でる。先程よりずっと気持ち良くて、弥生は無意識に喉《のど》を鳴らしていた。

正直な所、門脇老の提案でなければ二条は見ず知らずの相手との同居など断っていた。

しかし執拗《しつよう》な押しかけとストーキングに悩まされていたのは事実で、相手が正攻法で引き下がらないのであれば、多少無茶をしなければならないとも考えていた矢先の提案だったので、翌日からの急な同居話にも同意したのだ。

……というのは、半分嘘である。

門脇老や、まして弥生に本当の事を言える筈もない。

――猫耳が愛らしかったから、同居を了承したなんて……。

一人になってから反省をして、弥生には近くのマンションへ移って貰おうと思ったが猫耳を生やして見上げてくる弥生を前にすると何も言えなかった。

それに帰宅してみれば、適当に片付けていた室内は綺麗に掃除され、温かい食事が用意してある。

由緒ある家柄の子息だと聞いていたから、家事全般が得意だと本人から教えられてかなり驚いた。

そしてそれがはったりではないと分かって、驚きから尊敬に変わった。

時折物言いたげに自分を見る弥生と、連動するようにピコピコと動く猫耳に釘付《くぎづ》けになり、つい抱きしめたくなる衝動を必死に抑えたが二日であっさり限界が来た。

三日目、ついに我慢ができなくなって猫グッズを購入してからマンションに戻ると、弥生に酷い勘違いをさせていたと気付き、おまけにストーカー女の押しかけまである始末。

お陰でこちらの状況は弥生にも十分飲み込めたらしく、同居解消は逃れることができた。

嵐のような一日が過ぎると、一緒に困難を乗り切ったからか妙な絆《きずな》が生まれていて、博次もそうだが、弥生も完全に警戒心を解いていたのである。

年齢のギャップなんて気にならないほど、お互いに打ち解けられたと自覚も生まれ不思議と以前からこうして暮らしていたような気持ちにさえなってくる。

部下も定時に帰るようになった博次に安心しているらしく、オフィスの雰囲気も以前のように戻ってきている。

流石にストーカー達は警備員や秘書が周りを固めているオフィスに潜り込むのは不可能なので接触はできない。

それを利用して泊まり込むことが多かったせいか体調を崩しがちだったのも、部下からかなり心配されていたようだ。

それが門脇絡みとはいえ、長年付き合いのある部下にさえ素性を教えていない相手と同居を始めてから、顔色が良くなり、会食のない日は手作り弁当まで持ってくる。なによりの変化は、感情を出さないと評判の若社長が、温和な笑顔を見せるようになった事だ。

ただこれに関しては、先代から仕えている秘書から『女子社員の前では気を付けるように』と釘を刺されている。

「ただいま」

玄関を開けると、いつもなら待っている弥生の姿がない。

リビングから話し声が聞こえてくるから、誰かと電話でもしているのだろうと博次は推測する。廊下とダイニングを隔てるドアを開けると、やっと弥生が博次の帰宅に気付き、電話を切ろうとしたので、大丈夫だとジャスチャーで伝える。

「――こっちは大丈夫。博次さんとは、上手くやってるよ。勉強も見て貰ってるし……それより伯父さんの方が大変なんじゃないの？　母さん、集中するとご飯忘れるからちゃんと食べてよ」

相手は母親らしい。

考えてみれば、彼はまだ高校生なのだ。

親離れする時期とはいえ、こんな非常事態でいきなり見ず知らずの家に送り込まれて心細いに違いない。

「そう……無理はしないでよ。じゃあまたね――博次さんごめんなさい、お迎えしようと思ってたのについ長電話しちゃって」

「気にしないでくれ。それに君のお母さんだって、弥生が心配だろう。できるだけ声を聞かせて、安心させてあげなさい」

「はい」

にこっと屈託なく笑う弥生に、仕事で疲れた心が一気に癒《い》やされるのを感じる。

「差し出がましいようだが。君の本家で何かあったのなら、遠慮なく相談して欲しい」

これまでも実家と電話で遣り取りをする弥生の言葉を耳に挟んだことはあったが、尋ねて良いものか悩んだ結果、聞いていない振りをしていた。

しかし回を重ねるごとに弥生の声が沈みがちになり、このまま放っておく方が問題だと判断した。

「まだ暫くご厄介になりそうです」

「事情を聞いてもいいかな？」

「あれ？　門脇のお爺ちゃんから聞いてないんですか？」

弥生は、てっきり門脇老が話したと思っていたらしい。

弥生は暫《しば》し黙ってから、意を決した様子で話し始める。ずっと一人で溜《た》め込んで来たせいか、言葉は堰《せき》を切ったように止まらない。

「実は本家を管理していた伯父さんの奥さんが、出てっちゃったんだって。ずっと伯父さんのこと支えてきたし、そんな人じゃないのに」

「君のお父さんの兄に当たる方だね。確か、祠を壊した直後に入院していると聞いたが」

「うん。何年か前から伯父さん体調崩して、海外に行ってる息子さんの代わりに伯母《おば》さんが面倒見てたんだ」

話から推測するに、それなりに由緒正しい家柄だが跡取り問題で揉めるような一族ではないようだ。

元々、会社を継いだ件《くだん》の伯父が病気がちになった後は、実子ではなく弟が完全に会社を取り仕切っており役員会でも揉めていないと聞いている。

実子が相続に興味がない性格だったことも幸いしただろうが、継いだ弟——つまり、弥生の父——に人望があったお陰だろう。

「祠を壊した途端に、伯父さんは酷い発作を起こして倒れるし。あんなに伯父さんと仲が良かった伯母さんは、理由も言わないでいきなり実家に戻っちゃって、連絡も付かないって母さん困ってました。僕の猫耳も伯父さんが倒れた日に生えてきたから、やっぱり祠を壊した呪いとしか思えないんですよね」

家庭内の不満が、『祠の破壊』で吹き出した結果という見方もある。しかしそれでは、弥生の猫耳の説明が付かない。

「父さんが調べたんだけど呪いは本来、本家の女の子に出るみたいで。だけどうち、男しかいないし、結婚してないのは僕だけだからこっちに来たんじゃないかって話になってる」

辛《かろ》うじて残っている虫食いの古文書によれば、本来は本家の女子が妊娠《にんしん》すれば呪いは解けるらしい。

「子孫繁栄とか、そういう類の事が関係しているのかな」

「多分……祀《まつ》っていた猫にも、商売繁盛と子孫繁栄のお願いをしてたらしくて。でも本当のところは分からないんです」

正直、呪いとおめでたい子孫繁栄の結びつきが、よく分からない。

しかし考えたところで、猫耳を消す手立ては今のところ皆無だ。

「とりあえずは、様子見です。でも僕でよかった」

「どうしてだい？」

「もし兄達に猫耳が生えたら、離婚とか婚約破棄になっちゃってたでしょうし。三男の僕なら、最悪『二条家の跡取りを誘惑し損ねた、出来損ないの三男』くらいの悪口で済むし」

そうあっさり言ってのける弥生を、博次はまじまじと見つめた。

ストーキングを邪魔された女性が『二条と付き合っていた男』として、弥生の悪い噂を立てたとしても、佐上家は表向き弥生を放逐すればいい——ということらしい。

「噂が残っても、最悪の場合は母方の姓に変えて生活圏を分けよう。って家族で話し合っているので問題ないし。……って博次さん？」

「私は君の猫耳を消すことに協力すると伝えたが、それ以外の事を放置するとは言っていない。不名誉な噂が流されたなら、すぐ私に言いなさい。できる限り対応をするから」

正直な所、まだ高校生の弥生がまるで将来を諦めきった物言いをするのが理解できない。家でも別に放置されていたようではないし、むしろ末っ子として大切に育てられてきたと資料にはあったはずだ。

「大丈夫ですよ。僕は僕の役割を分かってますから」

笑顔を見せる弥生に、気負った様子は感じられない。

その屈託のない笑みに救われると同時に、まだ学生の弥生に頼らなくてはならない自分が情けなくなる。

微妙になってしまった空気を戻そうとして弥生が口を開くが、まるで見計らったように玄関の扉が叩かれて金属音が響く。

「博次さーん、いるの分かってるのよー」

何度か声を聞いた事のある女性だが、このマンションへ押しかけてくるのは初めてだ。

——厄介なのが来たな。

ストーカーの中でも一番思い込みが激しく、両親公認でストーキングの援助をさせている強者《つわもの》だ。

「新しい人？　そうだ、さっきの電話で母さんから助言されたことがあるんですけど。荒療治も必要なんじゃないかって」

「何をすればいいんだい？」

手招かれて博次が屈《かが》むと、弥生が耳元で囁《ささや》く。

「——どうですか？」

「いいんじゃないかな？　私は歓迎だよ。しかし、君は……」

「僕は、博次さんをストーカーから守るために来てるんだからいいんです」

博次の表情から、相手が面倒なタイプと察した弥生が、いたずらっ子のように片眼を瞑《つぶ》る。

きっぱりと言い切られては、博次もこれ以上反論できない。

いつものように警戒しつつ、二人で玄関のドアを開けると少々度を超したフリル付きのスカートにリボン付きのボレロを羽織った女性が立っていた。

顔立ちは可愛らしいので似合っているけれど、彼女の年齢からして一般的ではない。彼女は博次を見ると清楚な笑みを浮かべるが、これまで押しかけてきた女性同様に、弥生に気付くと文字通り目をつり上げる。

「あんた、誰」

可愛らしい顔にそぐわないドスの利いた声。けれど弥生は怯《ひる》むことなく博次の腕に体をぴたりと寄せる。

「あなたたちストーカーのネットワークで、話題になってる許嫁でーす」

わざと挑発する物言いをしてから、弥生が徐に背伸びをして博次に口づけた。といっても、お芝居でするように口の端に軽く触れるだけの疑似的なもの。

けれど頭に血が上った女性には、『博次にキスをした』というだけで怒り狂うには十分すぎたようだ。

「酷い！　どういう事よ。私だってキスして貰ったことないのに！」

「だから、僕と博次さんはこの通りキスもする関係なので。諦めて下さい」

ストーカーの中でも行動力のある彼女は、毎回暴力沙汰《ざた》を起こしている。

その度に厳重注意をされているが、親の援助や妙な所でコネがあるのでなかなか対処が難しい。

彼女が怒りの余り震えて立ち尽くしている間に、弥生は慣れた動作でインターフォンに取り付けられている非常ボタンを押す。

すると程なく、顔見知りになってしまった警備員が駆けつけてきて、泣きわめく女性を引きずって行った。

「これで諦めるとは思えないな」

「でしょうね。けど向こうだってかなりショックを受けたはずだし、博次さんも少しはスッキリしたでしょう」

一方的に嫌がらせをされるばかりでは、参ってしまう。それならここまで羽目を外したのだから徹底的に『婚約者らしいラブラブっぷりを見せつけなさい』というのが母からの指示だった。

相手の逆ギレは想定内だが、このくらいの仕返しをしたって構わないはずだ。

「しかし当分は、押しかけは収まりそうにないな。弥生には迷惑をかけるが、どうか呆れないでくれ」

ストーキングは収まりつつあっても、精神的には正直かなり参っている。

「大丈夫ですよ。門脇さんとの約束もあるけど、ここまで関わって今更放り出すなんてでき

ません。それに僕からすると、この猫耳より博次さんが気の毒だと思ってます」

「そうかな……？」

「クラスにも恋愛大好きな女子はいるけど、あそこまですごいのは初めて見たから。みんな強烈ですよね。あんなのに付きまとわれたら疲れるの当たり前だし。僕が側にいることで、博次さんが落ち着けるならあの人達が来なくなるまで許嫁ごっこをしますよ」

弥生にしてみれば、彼女達の思考回路は宇宙人のようなものらしい。つまり理解不能すぎて逆に面白いと続ける。

これまで羨ましがられたり過剰に気遣われたことはあっても、前向きに対策を考えてくれる者はいなかった。

「君は本当に強いな」

「僕の猫耳が役に立つなら、どんどん使って下さい」

猫耳をぴくぴくと動かしながら、弥生が笑う。

ずっとこんな時間が続けば良いと、博次は思った。

しかし、博次のストーカー問題が落ち着きを見せ始めた一方で、弥生の猫耳は全く変化がなかった。

ストーカーの前でキスをした翌日に、猫耳は数時間だけ消えたのだがそれだけだ。あとはいくら『婚約者』だ『許嫁だ』と口にしてみても、全く反応がない。

——やっぱり言葉だけじゃ、呪いは騙せないのかな。

キスをして猫耳が消えたのなら、その先。つまりセックスをすれば完全に消えるかも知れない。

考えてはみたけれど、恥ずかしくてとても言い出せないし、何より弥生はセックス自体した事がないのだ。

その上、いきなり同性である博次に『セックスしたい』なんてとても頼めない。

週末の朝、いつもよりゆっくりと起きた弥生は洗面所で鏡とにらめっこをしていた。頭の中には疑問と、少しの不安が渦巻く。

「……歯が……尖ってる」

「犬歯のようだね」

「ひ、博次さん」

「やはり、言葉だけの真似事では誤魔化《ごまか》せないか」

弥生の不安を見透かした様に、博次が真面目に続ける。

「最悪の場合、君と私で夫婦の営みをする事も考えて欲しい。無論、無理にとは言わないよ。君だって抵抗はあるだろう？　それに行為をしたからといって、猫耳が確実に消えると決まった訳じゃない」

「……考えてみます。いつまでも猫耳が生えたままだと、学校にも戻れないし。そうだ！軽いキスをしたら猫耳が消えたじゃないですか。試しにちゃんとしたキスをしてみるのはどうでしょう？」

「ちゃんとした、キス」

くすりと博次が笑う。馬鹿にされたかと思って弥生は頬《ほお》を膨らませるが、博次の両手が頬を包み優しく上向ける。

「本当に君は、無自覚で困る」

困ると言いつつも、何故か彼は楽しげだ。

そのまま有無を言わせず、唇《くちびる》が重ねられる。これまでとは全く違う、唇を深く重ね合わせる大人のキスだ。

触れてくる博次の舌がくすぐったくて薄く唇を開くと、ごく自然に口内へと入り込んで来た。

不思議と嫌悪感はなくて、柔らかく暖かな舌が歯や舌を嘗める度に体が熱くなっていく。

「っ、ん」

「――苦しかったかな」

「ちょっと。でも次からはもう少し長く息を止めます」

「止めなくていいんだよ、慣れてくれれば呼吸のタイミングも掴めるから……ああ、やっぱり犬歯は消えているね」

動物じみた尖り方をしていた犬歯は、元のサイズに戻っていた。

弥生はほっとしたけれど、これで『夫婦らしい行為』が必要だと実証されてしまった。困って博次を見上げると、大きな掌《てのひら》が頭を撫でてくれる。

「キスだけで止められるうちに、呪いが解ければ問題ないよ。暫くはキスで凌《しの》ごう」

あえてその先の行為は促さない博次の優しさに、弥生は頷く。

「ありがとうございます。……僕が女の子で、博次さんの恋人になれたら良かったのに」

「なにか言ったかい？」

「いいえ！」

幸い、恥ずかしい独り言は聞かれていなかったのでほっとする。

翌日の日曜日も恒例となったストーカーの突撃があったけれど、昨日の女性とは違い二人のキスを見た途端泣き崩れて自主的に帰って行った。

数時間後には『諦めます』とだけメールが入り、ついでに犬歯も完全に出なくなった。

しかし喜んだのもつかの間で、弥生の犬歯は翌日には戻っていたのである。

「やはり、もっと深い接触が必要なんじゃないかな？」

「……考えてみます」


翌日、博次が出社してから、弥生は改めて耳を触ってみた。相変わらず、代わり映えのない三毛柄の猫耳だ。

引っ張れば痛いし、意識を集中すると遠くの物音も聞こえる。

——本当に、猫になったらどうしよう。

呪いというだけでも非現実的なのに、人間が猫に変わるなんてあり得ない。そう思っていたが、一向に猫耳は消えないし犬歯まで生える始末。

「まあ猫になって、のんびり暮らすのもいいかな」

怖さ半分、興味半分といったところだ。正直な所、未だ弥生はこれは全部夢だと思うときがある。

ともかく、限られた情報しかない中で、できる事は殆どないのが現状だ。

「悩んでも仕方ないし。掃除でもしよっかな……電話？　母さん……じゃない、鉄也っ！」

テーブルに置いてあったスマートフォンを手に取ると、表示されていたのは親友の名前。

急いで画面をタッチすると、自分よりも更に能天気な声が聞こえてくる。

『久しぶりー、元気かー』

「元気だけど、学校はどうしたんだよ？」

『昼休み……てのは嘘で、早退でーす。うるさいクラスの連中から逃げてきたとこ。お前とも家族とも、全然連絡取れないだろ。それで何かあるとみんな俺に何があったって聞きに来るんだぜ。あいつらヒマだよなー』

「そうなんだ……」

『連絡はしないように言ってあるから大丈夫。そうだ、弥生は風邪拗《かぜこじ》らせて、肺炎ってことになってるから戻ったら適当に合わせてくれよ』

「助かるよ。こんな事、鉄也以外に知れたら大騒ぎだもんな」

『それにしても、中間終わってからで良かった』

勉強自体は遅れてしまうが、テスト期間にかからなかっただけ幸いだ。

こうして下らない話や、学校での出来事を教えてくれる鉄也に弥生は感謝する。やはり気心の知れた相手と話をすると気持ちが落ち着く。

と思ったが、弥生はすぐに心の中で撤回した。

『――そうだ、前に猫耳の自撮り送ってくれたじゃん。あれすっげー可愛いって言いたかったんだよ。みんなに秘密じゃなければ、見せるのになあ』

「やめろよ！」

『えー弥生って女子に人気あるしさ、可愛いの好きな先輩とか喜ぶんじゃないか？』

「遊ばれるだけだよ」

互いに冗談と分かっているからこその、言い合いだ。これが単なるクラスメイトの言葉だったら、弥生は立ち直れなかっただろう。

――けど、博次さんが可愛いって言ってくれるのは嬉しいし……あれ？

『弥生君。クラス委員として文化祭の女装コンテストに君を推薦します。猫耳付けたらうちのクラス優勝確定ですからな』

わざとらしく偉ぶった言い方をする鉄也に、弥生は吹き出す。

「面白がってるだろ。冗談でも、女装コンテストに推薦なんてするなよ。こっちは大変なんだぞ」

そんな話をしているとあっという間に時間は過ぎていて、気が付けば室内は薄暗くなっていた。

玄関のチャイムが鳴り、弥生は慌てて時計を確認する。

「あ、鉄也。博次さんが帰ってきたから切るね」

『おう！　またな』

慌ただしく電話を切り、玄関へと向かう。片手にスマートフォンを持ったまま出迎えた弥生に博次が気付いて、にこりと笑う。

「お母さんから連絡があったのかい？」

「いえ、友人の鉄也から電話で……。えっと門脇のお爺ちゃんの孫で、幼稚園に入る前からの親友なんです」

「確か門脇老に相談してくれた友人だったね」

「昔からすごく気が合って、今回の事も友達に根回ししてくれて。とてもいいやつなんですよ」

鉄也は弥生と違って、幼い頃から門脇家の主催するパーティーにも連れ出されていたので、博次と面識があってもおかしくない。

しかし鉄也の名前を出した途端、博次の表情が硬くなる。

「その……鉄也君というのは君の恋人なのか？　幼なじみとはいえ、随分と親しいようだし。今回の件も深入りしすぎている気がしてならない。弥生も彼を頼りにしているんだろう」

「へ？」

思わず、間抜けな声を上げてしまう。しかしそれも博次には不満に感じたようだ。

「私との同棲も、君は抵抗なく受け入れてくれている。いや、君が誰彼構わずプライベートに踏み込ませるような性格ではないと分かっているつもりだ。しかし、鉄也君のために、猫耳を消そうと決断した結果――恋人のために我慢をしているとするなら……」

「ま、待って博次さん、話が飛びすぎ！　それもう、妄想だから！」

何やら面倒くさそうな方向に話が進み始めたのを察した弥生は、声を張り上げて遮る。

「鉄也は幼なじみで親友ってだけです！　それにあいつ、小学校の時から彼女持ちですっごいモテるんです。僕なんか、いい感じまでいくのにいつも直前で邪魔が入って」

なんとなく博次が不機嫌だと気付いた弥生は、慌てて説明する。

――ていうか、なんでこんなこと聞くんだろう。

頭の中では冷静に疑問が浮かぶけど、博次の顔を見ているととても問う勇気は出ない。

「……って、つまらない話ですよね」

「いや、私が学生の頃を思い出したよ。あの時代にしか味わえない友人関係や、楽しい時間は宝物だろう」

「そっか、博次さんは鉄也寄りですもんね。何人も彼女いたんじゃないですか？」

「秘密、にする程の事でもないよ、むしろ友達と遊ぶことの方が楽しくて授業をサボったりしていたなあ」

「へー、意外……そうだ、電話してたから夕食の支度がまだなんです。先にお風呂入っちゃって下さい」

「分かったよ。その前に、弥生」

屈んだ博次が弥生の前で瞼《まぶた》を閉じる。これは犬歯が生えないようにするために二人で決めた事だ。

「お帰りなさい、あなた」

弥生は博次の首に腕を回して、深く口づけた。

呪いを誤魔化すために、可能な範囲で夫婦の真似事をしている。気恥ずかしさはあるけれど、合意の上でのことだと自分に言い聞かせる。

「ん、ぁ……ふ」

舌を絡め合うキスにも大分慣れて、今では互いの唇が唾液《だえき》で濡《ぬ》れ光るまでキスをするのが恒例になっていた。

「じゃあ、奥さんの手料理を待ってるよ」

「……はい」

腰《こし》の奥に生じた疼《うず》きに気付かない振りをして、弥生はキッチンに入った。


視界の端で、弥生の猫耳が落ち着かない様子で動いている。

機嫌の良いときとは違う不規則なその動きは、何かに不満がある証拠だ。僅かな動きの変化だけで博次は弥生の感情が分かるようになってきていた。

「どうしたんだい、弥生」

「別に、どうもしませんよ」

夕食の下ごしらえを終えた弥生は、窓辺にぺたんと座り込んだままぼうっと空を見上げている。

数日前から弥生の口数は減って、代わりにこうして外を眺める時間が増えた。

博次が家にいるときでもこうなのだから、普段はもっと長い時間外を眺めているのだろうと察せられた。

「この生活に不満があるなら言ってくれないか」

「不満なんてないです！　僕の方こそ……その、長々居座っててすみません」

項垂れる弥生の猫耳も、申し訳なさそうに伏せられている。この二週間ほどで、押しかけてくる女性はほぼいなくなった。

呆れたり、裏切られたと罵倒されたりもしたが、延々付きまとわれるよりずっといい。

しかし一方で、弥生の猫耳は全く消える気配がないのだ。

婚約者の真似事はあくまで、ストーカーを追い払うためのものだから、被害がなくなった今、弥生が同居する意味はない。

かといって博次は追い出すつもりなどさらさらないし、できるならこのまま同居を続けてもいいとさえ思っている。

「いや、私としては君がいてくれると嬉しい」

「でも僕のせいで、博次さんは休みでも出かけないじゃないですか。ストレスが溜まらないように、リフレッシュしないと」

別に気を遣っていた訳ではないが、どうやら弥生は外出しないのは自分のせいだと思っているらしい。

――君の側にいるだけで、十分リフレッシュできているんだが。

そう考えたところで、博次は肝心な事に気付く。

弥生は猫ではないのだから、学校にも行けず、外出もままならない生活で気分が落ち込んでいるのだ。

家族や事情を知る友人と電話やＳＮＳで連絡は取り合えても、それだけではコミュニケーション不足に陥るのは当然だ。

「弥生、君が良ければ散歩がてら、私の秘密の場所へ案内したいんだが」

「……でも、猫耳」

へたれた猫耳を、弥生が自分で引っ張る。平静を装っているが、一番気にしているのは本人なのだ。

――当たり前の事なのに、見過ごしていたなんて。

それだけ弥生は気持ちの動揺を抑え込んできていたのだ。

いきなり初対面の相手と同居をさせられただけでなく、事前に取り決めたとはいえストーカーの対処までさせてしまった。

そのストレスは、相当溜まっていることだろう。しかし弥生の性格を考えると、下手《へた》な言い方をすれば逆効果になる。

「パーカーを被れば大丈夫じゃないかな。すぐ近くだし、今の時間なら向こうに着けば人もいない。それと私の我儘《わがまま》なんだが、是非君にも知って欲しいんだ」

あくまで自分の我が儘だという方向で告げると、弥生もやっと笑みを見せる。

「じゃあ、少しだけ出てみようかな。着替えてきますね」

笑顔で自室に駆けていく弥生を見て、やはり外出できないストレスが相当あったのだと気付かされる。

「全く、彼に頼ってばかりで申し訳ないな」

歳の離れた兄が二人いる末っ子と聞いていたので、甘やかされて育ったのだろうと勝手に想像していた。

けれどこうして彼と生活を共にして分かってきたのは、年相応でない気遣いができるという事。家事も一通りこなせるし、下手をしたら博次より生活力は上だ。これは偏《ひとえ》に、弥生の母親の教育が良かったお陰だろう。

学生時代から何人かの女性と交際してきた博次だが、社交面はともかく弥生ほど家庭的な異性は知らない。

弥生が女性であれば、形だけの許嫁でなく本気で交際を申し込んでいただろう。

――いや……性別なんて、気にする事でも……。

「博次さん。用意できました！」

元気の良い声に、博次は我に返った。ミントグリーンのシンプルなパーカーに白のシャツ、黒のスキニーというごく普通の出で立ちなのに何故か魅入ってしまう。

「なにか、変ですか？」

「いや、なんでもないよ。暗くなるとよく見えないから、出かけよう」

博次の言い方に疑問を覚えたのか弥生が首を傾げたけれど、問いかけることなく二人はマンションを出た。

マンションの建っている区画は住宅街だが、大通りを挟んだ先は昔からの商店や神社が点在している。

友人の中には、『立場に相応《ふさわ》しい高層マンションに住め』とお節介な口出しをしてくる者もいた。

しかしストーカーに絡まれ始めてからも、博次はできるだけこの区画から出ない範囲で引っ越しを繰り返している。

「――こんなところに、神社があったんですね」

「随分、雰囲気が違うだろう？」

裏路地を通り、休日には必ず足を運ぶ神社へ弥生を案内すると予想通りぽかんとして周囲を見回す。

幹線道路に近いにもかかわらず、木々があるお陰かかなり静かだ。社殿《しゃでん》は正直古びているが、境内《けいだい》は掃き清められており全体的に清浄な雰囲気が漂っている。

「本殿の裏に神主《かんぬし》さんの家族が住んでいてね。とても気さくな人で、私の事を知っても変わらず付き合いを続けてくれるんだ」

「それは嬉しいですね。でも、どうしてこんな……あっ」

茂みから出てきた猫に気付いて、弥生が声を上げた。

まだ周囲は明るいけれど、境内の外れにあるこの場所は木が茂っていて薄暗い。

周囲に人がいないことを確認してから弥生がフードを外すと、急にそこかしこから猫が顔を出す。

「猫も君の気配につられて出てきたのかな？　私が来ると途端に逃げてしまうんだが……」

「耳が生える前から、猫以外にも犬とか鳥なんかに懐かれることが多くて。友達から動物使いなんてからかわれたりもしてました」

ちょっと唇を尖らせながら不本意そうしているが、弥生はすり寄ってくる猫たちを避ける

こともなく優しく撫でている。

「その、言葉が分かったりするのかい」

「それは無理ですよ。でも音とか気配には敏感になったかな。猫限定みたいですけど」

しゃがんだ弥生の隣に博次も膝を突く。するとあからさまに『おまけだ』といった様子で何匹かの猫が顔をすり寄せてくれる。

　これまで猫カフェに行っても、全く猫が寄りつかないという悲しい記録を積み重ねてきた博次にとってこの状況はまさに天国だった。

「耳の端を怪我してる猫が多いですね。ほら、あの猫も耳の端が欠けてる」

「あれは必要な処置を終えた印で、去勢や避妊手術をした証拠なんだ。可哀想に見えるけど、ああして印を付けていれば『責任者がいる』って誰にでも分かるから、悪戯もされにくいんだ」

　予防接種など、必要な管理をされている証《あかし》なので野良猫《のらねこ》にとっては命綱みたいなものだ。それでも無闇に悪戯をする人間は少なくないから、週末にはこの神社で譲渡会やバザーをして保護のための資金を作る。

「ここは神主さんが協力的で、近隣の『地域猫保護』団体の拠点に使用させてもらっている」

『地域猫』という単語に、弥生ははっとした様子で頷く。最近ではマスコミで取り上げられる事も多くなった、ボランティア活動だ。

野良猫を保健所に連れて行くのではなく、ボランティアで出産の管理や病気の予防をし、将来的に野良猫をなくすという計画である。

無論、ボランティアに関わらない住人達の説得など、難しい問題は多々あって、トラブルが絶えないのも事実だ。

「……もしかして、二条さんがあのマンションに住んでるのってこの神社が近いからですか」

「よく分かったね」

見抜かれたことを本気で驚くと、どうしてか弥生が笑い出す。

「だって、博次さんて分かりやすすぎなんだもん」

「週末には猫の譲渡会もやっているんだが、私が出て行くのは秘書から止められていてね。寄付だけさせてもらっているんだ」

ボランティアのまとめ役である神主と、立ち上げの時期からいる数名は知っているが、関わりについては内密にと頼んである。

「そりゃマスコミに顔を出してる二条さんが来たら、良くも悪くも騒ぎになるし。秘書の方が止めるのも仕方ないですよ。でも二条さんて、優しいんですね」

気が付けば猫は更に増えて、さして広くない社殿脇の空間は猫の集会場のようだ。

「僕が仲間だって思ってるのかな」

「弥生」

「あ、今の自虐とかじゃないですから！　ここまで猫に囲まれたのって初めてだし、嬉しくて」

しゃがんで猫を撫でていると、それまで様子を窺っていた猫たちも次々に寄ってきた。

「可愛い。このお腹《なか》のもちもち加減が堪らないですよね……ひっ」

「どうしたんだい？」

突然、弥生が小さく悲鳴を上げてフードを被った。人が来たのかと思ったが、周囲を見回しても誰もいない。

「二条さん、あの猫……」

心なしか震える声で、弥生が茂みの方を指さし訴える。そこには見かけない三毛猫が一匹いて、周囲の様子を窺っていた。

保護猫たちは新参者に気付きはしても、慣れているのか特に興味を示すような行動は取らない。

「首輪がないな。大分痩《や》せているし、最近来た野良だろう。神主に連絡しておこう」

写メを取ってメールしてる博次の横で、何故か弥生が小刻みに震え始める。

新参の野良猫は、二人が危害を加えないと分かったらしく、側に来てごろりと寝転び体をくねらせた。

そして発情期特有の鳴き声を上げるが、集まっている地域猫は既に手術済みなので特に反応はしない。

「あの猫は、発情期が来ているようだ。雌《めす》だから、保護猫のいない地区へ行ってしまう前に避妊手術をしないと……弥生？」

心なしか呼吸が荒いと気付く。

顔も赤く、猫アレルギーを疑った。

「弥生、これまで猫に近づいて咳《せき》や涙が出たことはあるかい？」

「ない、です。友達にアレルギーの子がいてどんな感じになるか見たことあるけど、そんな感じじゃなくて……えっと」

呂律《ろれつ》が回らないが、呼吸も辛そうではない。

「どうした、弥生」

「なんか、苦しい。頭、ぼーっとする」

しかし尋常でない弥生を、このままにしておくわけにはいかない。博次は弥生を半ば抱きかかえるようにして神社を離れた。

帰宅した弥生は、明らかな体の異変に気付いて戸惑っていた。

――なんだろう、むずむずする……。

部屋に戻ってズボンを脱ぐと、これまで生えていなかった尻尾《しっぽ》がぴょこりと顔を出す。

「う、そ……」

思わず尾てい骨《びこつ》の辺りを撫でると、ぞくりとした疼きが下腹部に広がる。

――……まさか。これ、発情期の症状？

頭の中で先程聞いた雌猫の、苦しそうな声が響く。石畳に転がり、悩ましげに体をくねらせる猫のように、自分もこの熱をどうにかしたい。

――交尾、したい……させて……。

膝下に絡まっていたズボンと下着をもどかしげに脱ぎ捨て、弥生はベッドに乗る。そしてごく自然に、四つん這いになり腰を上げた。

「んっ……やだ、僕……何考えて……あっ……」

肌《はだ》がシーツと擦《こす》れるだけで、甘い熱が生じる。

やけに感覚が研ぎ澄まされ、頭の奥がぼんやりして思考が纏まらない。

「弥生？」

「だいじょうぶ……です」

帰るなり、無言で自室に駆け込んだ弥生を訝《いぶか》って、博次が声をかけてくる。その声に反応して、猫耳と尾がぴくぴくと痙攣《けいれん》した。

「とても大丈夫そうじゃないね」

「ほんと……へ、いきっ」

舌足らずに反論しても、掠れる声では説得力がない。

構わず入って来た博次が、ベッドの上で身をくねらせる弥生を見て、息を呑《の》むのが分かった。

恥ずかしさと情けない気持ちで逃げ出したかったけれど、体に力が入らない。どうにか四つん這いの体勢から横向きに寝転がったが、下半身は露出したままだ。

「近づかないでっ」

「具合が悪いなら、病院へ行かないと」

「違う。大丈夫だから……んっ」

声がどんどん、熱を帯びていく自覚がある。それに露《あらわ》になった自身に熱が籠もり、軽く勃《ぼっ》起《き》しているのは博次からも見えている筈だ。

「発情期が来たんだね」

誤魔化しきれないと分かり、弥生は唇を噛《か》んでこくりと頷く。猫の発情期なんて体験するのは、勿論初めてだ。

けれど全身を駆け巡る熱と尋常でない疼きが『発情状態』なのだと弥生の本能に訴えかけ

る。

「さっき神社で会った、避妊手術をしていない猫に反応してしまったんだろう。時期的にも繁殖期だし、猫は発情した個体が側にいるとつられてしまうらしいから」

言われてみれば、あの『地域猫』の印のない野良猫の声を聞いてから弥生の体は明らかにおかしくなっていた。

どうしてか足が竦み、苦しげな声を上げながら地面に体を擦り付ける三毛猫から目が離せなかった。

あの時の違和感に、まさか自分がつられて発情したなんて思いもしなかったが、現にこうしてじわじわと浸食されている。

「私の配慮が足りなかった。すまない」

「博次さんは、悪くない……から」

「しかし」

博次の手がそっと肩を抱く。特別な行為でもないのに、弥生の背筋はそれだけで粟立《あわだ》った。

「大丈夫か？　今日はもう、休んだ方がいい」

心配してくれていると分かっても、博次の声はそれだけで媚薬《びやく》と同じように弥生の性衝動を刺激する。

「あっ……博次さんの声、聞いただけで……お腹の奥、熱くなってくる。なんで……」

「君の体が、私を番《つがい》と認めたのかも知れない」

「つがい？」

「パートナーという意味だよ。本能に従って、子供を作りたがっている」

さらりととんでもない事を言われ、それまで熱に浮かされたようにぼうっとしていた弥生は流石に焦った。

「待って！　僕、男なのに？」

「落ち着きなさい。耳の毛色から察すると、君は三毛猫だ。三毛猫に、雄《おす》は遺伝の性質上ほぼ存在しない。いたとしても生殖能力はないんだ」

初めて知らされる話に、弥生は呆然とする。

「生殖能力がないって……セックスできないって事？」

大問題だ。

いくら弥生が三男だからといって、恋愛も結婚も諦めなければならないと言われたら泣きたくもなる。

「だがそれは、猫の話だ。君は人の体に猫の呪いがかかっているだけだから、おそらく呪いさえ解ければ元通りになる」

冷静に説明されて、弥生もいくらか冷静さを取り戻す。

しかし続く博次の言葉は、不穏な内容だ。

「呪いと聞いたときから、君の毛色からしておかしいと思っていたんだ。呪いはやはり本来女性に向けてのものなのだろうね。でも適齢の女性がいなかったから、君を標的とした」

「僕は男なのに？」

「そこが問題なんだよ。憶測でしかなかったけれど、私は勝手に呪いの力が薄いんじゃないかと考えたんだ。だから結婚の真似事をすれば消えるという門脇老の指摘にも頷いた……しかし」

一呼吸置く博次を、弥生は固唾《かたず》を呑んで見つめる。

「君自身は男性だから、人間としての生殖には問題ないと思う。けれど猫としての本質は、雌に近いのだろうね。だから神社にいた避妊手術をされていない雌の発情に誘発されたんだ」

「……つまり、僕が雌猫として発情してるのは……事実って事ですか？」

「ああ」

本体である弥生自身の男性機能は保持されていても、同時に猫の呪いが強くなれば『雌猫らしく発情する』のだと理解する。

そしてこのとんでもない状態を打開するには、一つの方法しかない。

縋《すが》るように博次を見上げると、彼も真摯に見つめてくる。まるで弥生の覚悟を見定めるかのような鋭い眼差しを怖いと思ったけれど、それだけ彼は自分の事を真剣に考えてくれているという証だ。

「私の考えは、分かるね？」

「はい。博次さんとは約束もありますし。何より信じてます」

猫耳を気味悪がることなく受け入れ、彼なりに歩み寄ろうともしてくれた。そんな博次だからこそ、彼になら全てを任せられる。

「責任は取る」

「あ、あの。そんな真剣にならないで下さい。――照れます」

これから何をするのか、言われなくても弥生にだって分かる。ぎゅっと博次の袖を握ると、彼の手が弥生の背に回されて優しく引き寄せた。

「弥生、答えにくいことだろうけど私の質問に正直に教えて欲しい」

「なんですか？」

「セックスの経験は？」

あからさまな単語に、弥生は耳まで真っ赤になった。

「決して君を辱める意図じゃない。経験があるかないかで、大分違ってくるからね」

気遣ってくれていると分かるけど、気恥ずかしさが消えるわけではない。

「自分で、処理したことはあります。恋人は、いません」

これまで私立の共学校だけれど、恋人はいない。

精々、仲の良い女友達程度だ。

別に意識して相手を作らなかったわけではなく、告白されたことも何度かあった。けれどフィーリングが合わなかったり、相手の家族が引っ越すことになったりなど、自分ではどうにもならない事が続いた結果、恋人ゼロの記録が更新されている。

「分かった。傷つけないようにするから、君は何も心配しないで私に身を任せていればいい」

驚くことも、まして笑ったりもせず、博次は弥生の頭を撫でてくれる。

「理由とか、聞かないんですか？」

友人達の大半は恋人がいるし、童貞を捨てたという自慢をされたこともある。あからさまに馬鹿にされはしないが、『彼女を作らないのか？』とせっつかれて気まずい思いをした事もある弥生からすると、博次の優しい言葉を素直に受け止められない。

「彼女がいて普通だし。変だとか思わないんですか」

「普通の基準は、人それぞれだからね。学生のうちは、気になるのも仕方がないけれど、別にセックスの経験や恋人がいないからといって変だなんて考えはしないよ」

安心させるように、博次が優しく微笑む。

「むしろ、君の初めての相手が同性でショックだろう？　全てが終わったら、信頼の置けるカウンセラーを手配するから安心して欲しい」

恋愛経験を詮索するどころか、弥生の精神状態を心配してくれる博次に首を横に振って答えた。

「博次さんだから、へいき……はじめて会ったとき、怖かったけど……でも、格好いいなって。こんな大人になりたいなって思ってたから」

赤くなった顔を隠したくて、わざと彼に抱きつく。胸に顔を押し当てると、いくらか速い心臓の音が聞こえて、彼もまた緊張していると分かりどうしてか安堵した。

「……だから、これからする、セックスの事……全部お任せします。博次さんになら、全部あげます」

頭がぼうっとしているせいか、ずっと胸に隠していた思いが口に出てしまう。

彼のマンションで暮らし始めてから、会話をする時間が増えたお陰で博次に対しての印象は大分変わった。

初めは怖いと思っていた眼差しも、今では真っ直ぐに見返すこともできる。

とはいってもそれは普段の話で、弥生は同性間のセックスが分からない。いざ抱き合うとなって、覚悟も決めたけれど不安がないとは言い切れなかった。

――お腹の奥……熱くなってきてる……。

しかし、疼きは刻々と酷くなっている。明らかに男の昂《たかぶ》りとは違うそれに、弥生は戸惑いを隠せない。

「……博次さんは、男の人としたことあるの？」

格好いい人だから、あったとしてもおかしくない。けれど頷かれたらと思うと、どうしてか胸の奥が痛くなった。

「誘われた事はあるけれど、君が初めてだよ。しかし門脇老は、私が君に不埒《ふらち》な事をすると最初から想定していたようでね。同性の性交に関するマニュアルを渡された」

「そういえば、鉄也から門脇のお爺ちゃんはすっごくモテて、お酒が入ると男女問わず浮き名を流したって自慢するそうですよ」

「それは初耳だ。今度門脇老を誘って、飲みに行ってみよう」

苦笑する博次につられて、弥生も笑ってしまう。

ひとしきり笑った後、博次が真顔になる。

「私を信じて、身を任せてくれるね？」

恥ずかしくて視線を逸《そ》らし、弥生は小声で返答した。

「……はい」

体を抱きしめられたまま、弥生はベッドに横たえられた。既に下半身は素肌を曝していたので、上着を脱がされてしまえば無防備な姿になる。

促されるまま仰向《あおむ》けになり、膝を立てて脚を広げた。

唇に博次の指が触れて、弥生は何の疑問も持たず舌を絡める。

「この指で弥生の入り口を解《ほぐ》すから、しっかり濡らすんだよ」

「ふぁい」

飴《あめ》をしゃぶるように音を立てて指を嘗める。正気なら、絶対にしていない行動だ。けれど今の弥生は、博次に命じられるまま素直に行動してしまう。

彼の言うこと聞いていれば、この疼きが収まると本能が教えてくれるのだ。

たっぷりと唾液の絡んだ指が唇から抜かれ、物欲しげにヒクつく後孔に触れる。何も知らない無垢《むく》な場所は、弥生の呼吸に合わせて痙攣していた。

「ひっ」

そっと指先が入り込み、腹側の襞《ひだ》をゆっくりとなぞる。

「痛むかい？」

いくら発情したといっても、弥生は人間の少年だ。

雌猫の声に当てられてその気になっているのは確かだが、本来受け入れる場所でない所に異物が入れば、当然痛みはある。

しかし弥生は、涙目になりながら首を横に振る。

「少し痛いけど、平気です。それより……そこ、指で押されると……っ」

足の指先までが引きつるような悦《よろこ》びに、弥生の下腹部は不規則な痙攣を繰り返す。触れられていない自身が勃《た》ち上がり、薄い蜜《みつ》が鈴口に浮かぶ。

けれどまだ、中の刺激だけでは上り詰める事ができない。

「もっと、強くして……ください」

蓄積されていく熱から早く解放されたくて、弥生は深い快感をねだる。セックスは初めてでどうしていいか分からないから、博次に頼るしかないのだ。

「力を抜いて」

「ぁんっ」

指が二本に増やされ、更に奥へと進む。

「完全に、発情してるようだね。中が蕩《とろ》けてる」

少し指が動いただけで、くちゅくちゅと卑猥《ひわい》な音が体内から響く。

——指だけで、すごい……これでセックスしたら僕……どうなるんだろう。

淫《みだ》らな想像をしただけで、後孔がきつく締まった。

同性との経験はないと博次も言っていたが、これだけ敏感な反応をすれば、弥生の体が快楽を欲していると分かるはずだ。

「大分柔らかいけれど、いきなり挿《い》れるのは不安だからね」

「え？　あ、嫌ぁっ」

指の腹で強く前立腺《ぜんりつせん》を押され、はしたなく身悶《みもだ》える。もっと太いもので掻《か》き混ぜて欲しい欲求と、このまま楽になりたい気持ちがせめぎ合う。

ただどちらにしろ、まだ弥生の体は後孔の刺激だけでは上り詰める事が難しい。絶頂寸前の快感が続き、弥生は泣き出してしまった。

「や……博次さん……くるしいよ」

「まだ中だけでは無理だったね。すぐ楽にしてあげるから、そのまま動かないで」

丁寧に前立腺を捏《こ》ねながら、博次は腰を押さえていた片手を離し、弥生自身を包み込む。そして根元から、ゆっくりと扱《しご》き上げた。

「あ、あ……っひ」

溜まっていた熱が一気に放出され、長い絶頂が弥生の体を支配する。

自慰などよりずっと強い刺激に、心が追いつかない。嫌々をするみたいに首を横に振りながら、ねだるように腰を博次に突き出す。

「……は、ひ……ぅ」

「少しは落ち着いたかい？」

「あ、えっと……お腹、熱いけど。さっきより楽かも」

疼きは完全に消えていないが、理性が消えそうなほどのセックスへの欲求は大分和らいでいた。

しかしそれも、一時的なものだと弥生はすぐに気付く。

——やっぱり、セックスしないと駄目なんだ。

臍《へそ》の下辺りが、じんと疼き始めている。

このまま放置すればどうなってしまうのか、急に不安がこみ上げてきた。それまで強気だった弥生は、未知の行為への恐怖で涙ぐむ。

「博次さん、僕」

「そんなに怯えないで。さっき言ったとおり、私に任せていればいいからね。猫の発情は、団体の保護施設で何度か見たことがあるけれど、特に雌は辛いようだから。我慢しなくていい」

どうやら博次には、弥生の状態がある程度把握できているらしい。達しても満足しない体を持て余し、快楽に身を震わせる弥生にそっと口づけてくれる。

「弥生。君をもらうよ」

「……はい」

鋭い眼差しに射貫《いぬ》かれ、弥生の鼓動は速くなる。

まるで本当の恋人同士みたいだと思うけど、口にはしない。

弥生が呼吸を整えている間に、博次はサイドテーブルの引き出しから避妊具を出す。恐らくそれも、門脇老がこの事態に備えて助言した物だろう。

さりげなく博次の雄から視線を逸らし、弥生は両手を胸の上で握りしめた。

――博次さんなら、ちゃんとしてくれる。だから大丈夫。

そう心の中で繰り返し、大人しく挿入の瞬間を待つ。

「弥生、尾は痛くないかい？」

「えっと……平気、です」

不意に問われて、弥生は小首を傾げた。正常位なので、当然尾は腰とベッドに挟まれた状態だ。

よく『猫の尾を踏んだら怒った』などと聞くが、違和感はあっても痛みはない。だから正直に、答えれば博次が頭を撫でてくれる。

「我慢や無理をしてはいけないよ。少しでも異変を感じたら、すぐに言って欲しい。私は君を、傷つけたくないんだ」

その瞳と声には、隠しきれない欲情が滲《にじ》んでいる。なのに博次は、弥生の事を第一に気遣ってくれているのだ。

「本当に平気です。それに……初めては、博次さんの顔見てた方が安心するから。このまま抱いて下さい」

「君は本当に、可愛いね」

両膝を摑まれ、胸まで折り曲げられた。全てを曝す恥ずかしい体位に、弥生は息を呑む。でもやめて欲しいとは思わない。

「呼吸を止めてはいけないよ」

「あっ」

挿れられた瞬間は痛かったけれど、直ぐじわりと快感が広がる。指で解されていたのと、避妊具に潤滑剤が付いていたのか、挿入は呆気《あっけ》なかった。

けれど指とは比べものにならない雄の太さと熱に、弥生は息を呑む。

太いカリ首が前立腺を擦り、快感に身を震わせていると博次が動きを止めた。

「や、あ……っ」

「少し慣らさないと」

「ちが、もっと……奥に……」

入り口で止まっている雄を引き込もうと、内壁が蠕動《ぜんどう》する。

思わず手を伸ばし、挿入途中の博次に触れてしまう。

「あっ」

自分のそれよりずっと逞《たくま》しい雄に、弥生は耳まで赤くなった。

──すごい、太い。それに熱くて、びくびくしてる。

ゴム越しでも裏筋に浮く血管や、熱が指先に伝わる。自分がこの雄に抱かれているのだと意識した途端、僅かに感じていた痛みが完全に消えた。

代わりに、全身が甘く疼き出す。

「博次さん、体……へんっ……ぎゅってして……」

請うと博次が、体を倒して弥生を強く抱きしめる。結合部が深くなり、雄が奥へと挿《はい》り込んでいくのが分かる。

「もっと、奥……全部、挿れてっ」

初めてとは思えない淫らな懇願に、博次は笑いもせず弥生の体を気遣いながら挿入を続けてくれた。

狭い肉壁を広げ、形を教え込むように雄を埋め込んでいく。

「初めてなのに、きもち……いい」

「発情期だから、体が受け入れるようになっているんだ。恥ずかしがる事じゃない」

無意識に博次の体へ縋り付き、両足を彼の腰に絡めた。

より深く雄を迎え入れる淫らな体位とも自覚せず、弥生ははしたなく最後の瞬間をねだる。

けれど博次は弥生を気遣ってか、ゆっくりとした抽挿《ちゅうそう》を繰り返す。もっと激しく、中を滅茶苦茶に突き上げて欲しい。

そんな欲求が、頭をもたげてくる。

腰を押し付けて、弥生は彼の背に爪を立てた。

「博次さん……ください。もう、がまんできないよ……」

「弥生」

欲情した声で呼ばれて肌が粟立つ。

「あ、ひっ」

とんとんと、数回奥を小突かれた後、入り口近くまで引き抜かれる。咄嗟に彼の雄が出て行かないように締め付けると、動きが分かっていたのか博次が激しく突き上げた。

腰を強く摑まれ、動けない弥生は乱暴に蹂躙《じゅうりん》される。けれどその動きすら、全て快楽へと変わる。

「んっ……――っう」

きゅっと内部が狭まった瞬間を見計らったみたいに、博次が動きを止めて射精した。

避妊具を付けているので直接精液がかかることはないが、達して脈動する雄に弥生の体は歓喜に震える。

彼の肩口に顔を埋めて、弥生は子猫のようなか細い声を上げて何度も達した。

――あ……あ……僕、博次さんの、雌になっちゃった。

羞恥《しゅうち》や男としての屈辱などどうでも良くなるほどの幸福感に包まれ、弥生は自分から口づけをねだる。

「これで弥生と私は、夫婦らしくなれたかな」

触れるだけのキスを角度を変えて繰り返しながら、博次が問いかけた。その間も揺さぶられて、繋がった部分から溶けていくような感覚になる。

「ぼくたち、ふうふ……なの？」

内部はまだ雄を食い締めて離さないのに、弥生自身はすっかり疲れ切っていた。達しながら、舌足らずに問いかけるけれど、答えを聞く前に瞼が閉じてしまう。

「そうだよ、弥生」

痙攣を繰り返しながら眠りに落ちていく弥生を抱きしめ、博次が微笑んだ。


かなり強引だったが、弥生《やよい》と関係を持った事に博次《ひろつぐ》としては後悔はなかった。むしろ、恋愛経験もない純粋な弥生に、いきなり同性とのセックスを教えてしまったことが不安だったが、朝になってみればそんな不安などどうでも良くなる事態になっていたのである。

「博次さん、見て！　尻尾《しっぽ》が消えてる！」

「……それはよかった」

僅《わず》かに残念だと思ったのは否めない。

だが幸いなことに、喜ぶ弥生は気落ちする博次には気付いていないらしく、腰《こし》を触ってにこにことしている。

その笑顔を見ていると、自分の不謹慎《ふきんしん》な考えが情けなくなった。

——馬鹿な事を考えては駄目だ。

それにこうして尾のない弥生を前にしても、彼を可愛《かわい》らしいと思う気持ちは消えていない。

しかし理由は分からないが、ともかく消えてひと安心と思っていたのに、どうしてか三日目の夜には再び猫の尾が生えてしまったのである。

弥生の落胆ぶりは見ていて博次も胸が痛くなった。

元気づけるために『尾も似合っている』などとても言える雰囲気ではなく、二人してどうしようかと急遽《きゅうきょ》会議を開いた。

しかし当然ながら名案が浮かぶわけでもなく、これまで通り過ごすと決めるしかなかった。

一方、博次の元に押しかけてくる女性は、確実に減っている。

これは偏《ひとえ》に、弥生のお陰だ。弥生は博次がいない時間に押しかけてくる女性達と、いつの間にか交流を持っていたのである。

とはいえ、安全を考慮した上で、初めはインターフォン越しから、コンシェルジュの目があるロビーでの談話と切り替えて行った。

どうも弥生の話からすると、付きまとっていた女性には二通りのタイプがいたようだ。一つは分かりやすい、ストーカー型。もう一つは、両親から『何としてでも二条家《にじょうけ》の嫁《よめ》になれ』と半ば脅されていたのだと言う。

各家庭の事情を聞き出した弥生は、まず親から指示されている女性達を説得し、自立できるような支援を博次に頼んだ。

ストーキングをやめてもらえるのなら、安い投資だ。博次は弥生の説明に快く頷き、自立支援の準備を整えた。

社会経験の少ない女性でも働けそうな会社と、セキュリティのしっかりしたマンションを用意してやり、ついでにカウンセラーも紹介する。

ぬるま湯のような生活に浸かりきっていた女性達だから、拒否するかと思いきや全員すぐに親と縁を切り、弥生達にもこれまでの事を謝ってあっさりストーキングをやめてくれたのである。

「お金持ちと結婚しろ。なんてせっつかれたら、疲れちゃいますよね」

最後の一人を見送った弥生は、そう事も無げに言い切った。

だが問題は、自分の意志で博次に付きまとっている女性だ。だが彼女達ともいつの間にか打ち解けて、猫耳を触って貰《もら》うようにまで仲良くなっていたのである。

どうしても欲しいという女性には『試作品なんです』と誤魔化《ごまか》し、彼女に似合いそうな服や小物を見繕《みつくろ》ったりしたらしい。

それが相手からすると、『敵なのに親身になってくれる』と変換され、何故《なぜ》か打ち解けてしまったというのが顛末《てんまつ》だ。

弥生も猫耳の込み入った事情は伏せあくまで『家同士の取り決めだから、諦めて欲しい』と正攻法で告げ、最後まで粘っていた女性を説き伏せたのが数日前のこと。

恐らく、弥生の持つ優しさと親身になってくれる性格のお陰で、彼女達も考えを正すことができたのだろう。

迷惑行為にはそれなりに社会的な制裁をと、生真面目《きまじめ》に考えていたが別の方法で穏便に解決してしまった弥生に博次は正直頭が下がる思いだ。

しかし、問題は残っている。

弥生の猫耳だ。

博次としては、可愛い弥生に、愛らしい猫耳が付いており、家に帰れば新妻のように出迎えてくれる日常は天国そのもの。

だが弥生からしてみれば、見合いの席で約束したとおりストーカーを追い払ったのに、自分の猫耳は全く進展がないので居心地が悪いようだ。

その日も、博次が帰宅して夕食と風呂《ふろ》を済ませると、リビングのソファで弥生が膝《ひざ》を抱えて丸くなっていた。

これまでは映画のＤＶＤを見たり、ゲームに興じていた弥生だが、今はそんな元気はないらしい。

「弥生、悩み事があるなら言ってくれないか」

予想は付くが、彼から直接伝えて貰った方が弥生自身も問題点に気付きやすいだろうという配慮だ。

「あの……」

「うん」

隣に座り、弥生の肩を抱く。

華奢《きゃしゃ》な体だと、改めて思う。毎晩弥生を抱いていて思うのは、彼が見た目よりも華奢だという事だ。

夜になると特に体温が恋しくなるのか、弥生が体を傾けてくる。

「僕の耳、消えないですよね」

やっぱりそれか、と思うが口は挟まず先を促す。

「……猫に変わるまでの間隔、短くなってる気がするんです。犬歯や尻尾は消えるけど……その、セックスしても早いときは翌朝にはまた生えてるし」

「こればかりは、どうしようもないからね」

「考えたんですけど。博次さんの方は解決したから、いつまでも僕がいたら迷惑になりますよね。だから、週末には荷物を纏《まと》めて、家に帰ろうかなって思って」

突然の家出宣言に、一瞬博次の思考が停止する。

博次が弥生に不本意な事を強いていたのならば、納得せざる得ない。しかし弥生の言い分だと、まるで自分の仕事が終わった以上迷惑はかけられないという、博次にとってはなんとも心外な理由だ。

「君は、私がそんな薄情な人間だと思っていたのかい？」

つまりは、用済みになれば追い出すだろうから、言われる前に出て行くと宣言されたようなものだ。

しかし弥生は真顔で首を横に振る。

「違いますよ！　僕だってできる事なら、博次さんと一緒にいたいです。お話ししてると楽しいし。博次さんを一人にしたら、食生活とか心配だから」

まるで新妻のような発言に内心嬉《うれ》しくなるが、喜んでいる場合ではないと顔を引き締める。

「……ともかく、帰ったとしても体の事はどうするんだ？」

事は猫耳だけではなくなっている。夜ごと訪れる、発情状態が問題だ。

弥生も察した様子で少し逡巡《しゅんじゅん》してから、ぽつりと答えた。

「我慢します」

できないと、誰よりも弥生自身が分かっている筈《はず》だ。それでも博次に迷惑をかけたくないという気持ちが強いのだろう。

「自分でするとか……方法はあります」

それに弥生からしてみれば、発情の問題以上に、不安に思っているのは猫になってしまうことだ。

「……ある日突然、博次さんの前で猫になっちゃったら困るでしょう？　もしかしたら僕、猫になった途端、博次さんの事を忘れて引っ掻《か》くかもしれないし」

「そんなことで悩んでいたのか？」

「僕にとっては、大問題です！」

弥生が口にした不安は、博次からしてみれば十分受け止められるものだ。勿論《もちろん》、猫になるのを手をこまねいて見ている気はないが、万が一そうなっても弥生を見捨てたりなどしないし、たとえ記憶がなくても大切に扱うつもりだ。

「覚悟してたのに。考え始めたら、怖くなっちゃって……」

「誰だって、こんな事が自分の身に降りかかったら混乱して当然だ」

これまでも冗談めかして言ったことはあるが、怯《おび》えを隠しもしないのは初めてだ。

猫耳が生えていても、いずれ消えると楽観的に考えていたからどこか現実味がなかったのだろう。

「強がらなくていい」

「でも、僕……」

ぐいと腕の中へ抱き込み、耳元に唇《くちびる》を寄せる。猫耳は悲しげに伏せられて、先端が震えているのが分かる。

「自分の問題が解決したからと言って、君を放り出せる訳がない。君の猫耳が消えて、猫の呪《のろ》いが解けるまでは側にいなさい。私が必ず守るから」

「ありがと……ございます……」

嗚咽《おえつ》が次第に大きくなり、弥生が子供のように声を上げて泣き始めた。いつもの元気な弥生ではない。

これまでは周囲に心配をかけまいとして、気丈に振る舞っていただけなのだ。

――考えてみれば、彼はまだ学生だ。家族と離され、学校にも通えず……心細いのは当然だ。

小さな背中を撫《な》でてやりながら、博次は静かに語りかける。

「私の前でだけは、もう強がらなくてていいからね」

胸に顔を埋めて泣く弥生が、しゃくりあげながら何度も頷《うなず》く。目尻《めじり》から零《こぼ》れる涙を唇で拭《ぬぐ》うと、無意識なのか小さな声でにゃあと鳴いた。

壁にかけてある時計を見ると、そろそろベッドに入っている時刻だった。弥生の体が、発情状態に変化する頃合いと気付いて、博次は弥生を抱き上げる。

「博次、さん？」

「辛《つら》いだろう。ベッドへ行こう、我慢しなくてていい」

体をすり寄せてくる弥生を落とさないように寝室へと運ぶ、寝室が近づくごとに弥生の体は熱を帯び、その瞳は潤み始める。

――邪《よこしま》な気持ちで抱いていると知ったら、この子は私を軽蔑するだろうな。

雄《おす》の衝動のままに、貪《むさぼ》って抱き壊してしまいたい。

弥生の全ては自分の物だと、深い場所へ刻みつけたいと抱く度に考えてしまう。そんな欲求を必死に抑え、博次は身をくねらせる弥生をベッドに横たえた。

結局なんの解決もできないまま、日々が過ぎていく。

一度発情状態になったせいか、弥生の体は酷《ひど》く敏感になってしまった。

激しく疼《うず》くような感覚はなくなったけれど、夜になると無意識に温《ぬく》もりを求めて博次に体をすり寄せてしまう。

部屋はもう分けてはおらず、夜は二条のベッドで寝るようになっていた。初めこそ弥生の方が遠慮したのだけれど、『辛そうにしている君を、放っておけない』と博次に説得されて今に至る。

——博次さんて、母さんが言ってたとおりいい人だよな。博次さんには悪いけど、追いかけ回されるのも分かる気がする。

もし自分が女だったら、確実に恋をしていた。今だって気を抜くと、セックスの最中にまるで恋人のように甘えてしまいそうになるほどだ。

――恋人とのセックスなんて、知らないけどさ。ていうかずっとこのままだとマズイよな。なんとかしないと。

発情を抑えるためのセックスは、門脇家《かどわきけ》との約束もあるので、義務感でしてくれているのだろうと弥生は考えている。

だが単純に利害だけでなく、弥生の身を案じ親身になってくれていると分かってからは、大分精神状態も落ち着いた。なのに、発情した状態が完全に収まらないのだ。

その日、帰宅した博次から弥生は博物館で見るような古文書《こもんじょ》を渡された。

「これ、なんですか」

「佐上家《さがみけ》の領地を治めていた人物の残した日記らしい。明日、紹介して貰った学者に渡して解読してもらう予定になっている。歴史を調べれば、佐上家と猫の呪いの関係が分かるかも知れないと思って借りてきたんだ」

流石《さすが》に古文書は読めないと苦笑する博次に、弥生は古びた和綴《わと》じのそれを手に取り捲《めく》るが、達者すぎてさっぱり分からない。

「ここまでして貰うなんて。申し訳ないです」

「いや、弥生も猫耳以外にも、不都合なことがあるだろう？　早く解決できる手伝いができれば良いと思って私が勝手にやっているだけだよ」

言外に弥生がベッドに入ると、発情状態に陥り苦しんでいる事を案じてくれているのだと分かり、頬《ほお》が熱くなる。

夜になるとあられもない痴態を曝《さら》し、疼きが収まるまで博次を求め続ける弥生だが、羞《しゅう》恥心《ちしん》が消えたわけではない。

改めて自身の状態を言われると、恥ずかしくて俯《うつむ》いてしまう。

「……すみません」

「君が謝る事じゃないだろう。それと私なりに考察してみたんだけれど。猫と違って人は一年中発情期みたいな物で、そもそも弥生は男だ。女性なら妊娠して発情が収まるけれど、男の場合は……呪い自体をどうにかしないと解決にならないんじゃないかと思ってね」

「それじゃ、呪いを解く方法が分かるまでずっとこのまま？」

「今のところは、セックスという対処療法しかないね。辛いだろうけれど、解決方法が見つかるまで我慢して欲しい」

気休めを言われるより、こうして正直な考えを伝えられた方が納得はいく。だが心は憂鬱《ゆううつ》になるばかりだ。

猫耳もそうだが、発情状態が続くのは大問題である。

結婚の真似事《まねごと》をすれば尾は消えたので、猫になってしまう可能性は低くなった。

しかし博次の言うとおりなら、猫への変化を止めるためには、セックスをし続けなければならない。

「弥生とのお見合いをセッティングしてくれた門脇老も心配していてね。あの方の友人に古文書や民俗学に詳しい研究者がいるから、そちらの方面からも調べてくれると言っている」

「ありがとうございます。何かお礼ができればいいいんだけれど」

「十分してもらってるよ」

「僕、なにかしてますか？」

きょとんとして首を傾《かし》げるけれど、博次が顔を寄せてきてキスで誤魔化されてしまう。時刻は既に夜半近くになっていて、いつもならベッドに入っている頃だ。

そのせいか、軽いキスだけでも弥生の腰は自然に揺れてしまう。

「ベッドに行こうか、弥生」

「あの、博次さん……お風呂とご飯は……」

「食事は会合で済ませて来たよ。シャワーは君が気にしなければ、このまま抱きたい」

「僕は……その……かまいません」

抱き上げられると、背筋がぞくりと震える。体はもう、覚えてしまった快楽を期待しているのだ。

腹の奥で燻《くすぶ》る甘い熱を落ち着けなければ、とても眠ることなどできない。

そしてその熱を抑えることができるのは、博次しかいないのだ。

ベッドに下ろされると、弥生は自然と四《よ》つん這《ば》いになり交尾の姿勢を取ってしまう。上半身を伏せ、腰を高く上げて雄が挿入しやすいポーズで博次を誘う。

「ごめんなさいっ」

「可愛いよ、弥生」

恥ずかしくて赤面する弥生の背に、背広を脱いだ博次が覆い被《かぶ》さってくる。背後から手を回され、パジャマのボタンが外されていく。

「何度も言うけれど、弥生が気に病む必要はないんだ。大体、原因は猫の呪いなんだから、セックスの時に後背位を選択してしまうのも仕方がない」

素肌にワイシャツが擦《こす》れるだけで、疼きが強くなるのが分かる。早く雄で満たして欲しいという動物的な欲求に、弥生は抗《あらが》えない。

「んっ、あ……れ？」

ズボンと下着を下ろされた瞬間、尾《び》てい骨《こつ》の辺りに違和感を感じて肩越しに振り返った。

そこには消えていたはずの長い尾がゆらゆらと揺れており、博次を誘うように彼の腕に絡みついていた。

「また生えてきてしまったね」

「うそ。お風呂に入ったときには、なかったのに」

「じゃあ今夜は、念入りに交尾をしないといけないな」

——交尾……っ。

ぞくぞくとした快感が、背筋を這い上る。

「弥生も、想像で構わないから孕《はら》むことを意識してごらん。そうすれば呪いも弥生が雌《めす》だと錯覚して、尾も生えにくくなるかも知れないからね」

優しい囁《ささや》きだが、その内容は卑猥《ひわい》そのものだ。でも博次の説明は尤《もっと》もな気がして、弥生はシーツに顔を擦り付けて頷く。

「博次さん……このまま、挿《い》れて……交尾、して下さい」

腰を高く上げて、尾を横に倒す。猫の交尾の姿勢を取ると、自然と弥生の体から力が抜けた。

「弥生、今夜は避妊具を付けずにするよ。精液を直接受け入れた方が夫婦として認識されるかも知れないからね」

博次がスラックスの前を寛《くつろ》げ、先端を後孔へと宛がう。反り返った雄の先が触れただけで、腰が甘く痺《しび》れる。

声も出せず、弥生はこくこくと頷いた。

なんでもいいから、早く挿れて欲しい、博次を感じたい。

――いつもより硬い気がする。

興奮してるのかと疑問に思った瞬間、硬く太いそれで内部を貫かれた。

「ひっぁ」

口から零れたのは、痛みを訴える悲鳴ではなく奥まで犯された悦《よろこ》びの声だった。両手を強く握りしめ、弥生は突然訪れた強い快感に涙を零す。

解《ほぐ》されていないのに、博次の剛直を受け入れても、後孔は裂けるどころかきゅんきゅんと嬉しそうに締め付けている。

そのまま腰を摑《つか》まれ、奥を捏《こ》ねられた弥生は後孔の刺激だけで射精してしまった。けれど中に収まったままの雄は硬いままで、敏感になっている内部を蹂躙《じゅうりん》し続ける。

「ぁ、ん……っ」

数回繰り返されると、精液は出なくなり代わりに雌の絶頂が全身を駆け抜ける。

背後から押さえ込んでいた博次が弥生の首筋に歯を立てた。本当の獣のようなセックスに、弥生は甘く鳴いた。

「あ、あっ……博次、さん。すき……っ」

「私も好きだよ。だから安心して、乱れていいからね」

動物みたいで恥ずかしいのに、博次の声を聞いていると不思議と安心して素直な気持ちになれる。

「も、だめ……」

蜜《みつ》が出なくなっても、博次の指が先端を弄《いじ》り続けるので尿道《にょうどう》に残っていたそれがぽたぽたとシーツに落ちる。

達した状態を強制的に持続させられて、弥生の意識は途切れそうになるけれど博次は許してくれない。

「大丈夫。ゆっくり息をして、私を信じて身を委ねて」

甘い囁きに、下腹部がじんと疼く。

博次は背後から突き上げながら、尾の根元に当たる尾てい骨の辺りをとんとんと叩《たた》いたり撫でたりする。

一見なんでもない愛撫《あいぶ》だけれど、敏感になっている体は指先の刺激に反応して、弥生がより深く雄を銜《くわ》え込めるように誘導してくれているのだ。

「ひっ、ぁ……でも、ひろつぐさんの顔……見たいよ」

「私も弥生の顔を見たいけれど、今夜は交尾を続けよう。理由は分かるね」

背後からの方が感じて満足できるけれど、弥生は博次の顔を見ていたい。それにこの体位では、キスもできないのだ。

しかし博次の言うとおり、尾が消えている時間を長くするためにはこうした獣の交尾が必要だとも理解している。

「あっん……にゃあ」

神社で聞いた猫のような声が、唇から漏《も》れた。

本当の雌猫になってしまったようで、いたたまれない。

けれどそう考える理性も、程なく博次の雄が与えてくれる快感に消されてしまう。

「交尾が終わったら、弥生を正面から抱きしめて眠ろう。もう少しだけ我慢できるね」

「……はい……」

「代わりに弥生の好きな所だけ、刺激してあげるから。好きなだけイきなさい」

博次は恥ずかしがらせるためではなく、弥生の快感を優先させてくれているだけだ。

こくりと頷き、弥生は体が求めるまま雄を食い締める。

「あ、ぅ」

シーツを掴んでる指が震える。

奥を捏ねられる度に弥生は上り詰め、本能のままに快感を貪った。


毎夜、博次に抱かれるようになってから、十日ほどが過ぎていた。

昼の間は発情することはなくなったのに、夜になると臍《へそ》の下の辺りが疼いて堪《たま》らなくなる。

——早く収まらないかな。

尾が消えても、毎晩のように博次を求めていては彼だって迷惑だろう。

それにいくら約束があるとはいえ、男を抱き続けるなんて本心では嫌じゃないかと思う。

──博次さん、真面目で優しいから……僕が辛いって分かると、ほっとけないんだろうな。

放置されても苦しいが、これ以上博次に頼るのも申し訳ない。

溜息《ためいき》ばかりが増えて、自然に弥生も口数が減る。そんな変化を、博次が見逃す筈もなかった。

「久しぶりに、外へ出ようか」

「でも、またあの猫に会ったら……」

「例の猫は保護されて、避妊手術も終えたよ。新しい飼い主も決まったそうだ。それと、今度出かける場所に野良猫《のらねこ》はいないから安心して出かけられるよ」

弥生の不安を見透かしたように、博次が付け加えた。

「行き先は、私の友人がシェフをしている会員制のレストランだ。全て個室だから、気兼ねすることもないよ」

「そんな高そうな所、行けません。第一、僕のお小遣いじゃジュースくらいしか頼めないと思うし」

ジュースどころか、テーブルチャージだって危うい。

基本的に佐上家は、特別な事情がない限り高級店には入らない。テーブルマナーなどは専門の教室に通って習うけれど、普段は一般的な家庭と変わらずファミリーレストランにも行く。

　自分の力で給料を得るようになれば、身の丈に合った店へ出入りするようにと教えられ、まだ学生の弥生は小遣いの範囲内で、できる事をするように躾《しつ》けられているのだ。

「私は君に、支払いをさせるつもりはないよ」

「……へ？」

　間の抜けた返事をすると、それまで真顔だった博次が堪《こら》えきれない様子で笑い出す。

「君は本当に、可愛いよ。まさかそんなふうに言われるとは、思ってもいなかった」

「なにか変な事、言いました？」

「いいや。君は当たり前の事を言っただけだ。けれど私と君は、婚約者同士だろう？　それに弥生は、事情があって私の所へ身を寄せている。そんな窮状にある婚約者を労《いたわ》りたいと思っては駄目かな」

　そこまで言われて、断れるはずもない。

「ありがとうございます」

「君はもっと、私を頼っていいんだよ。さ、行こうか」

　人目は気にしなくて良いと言われたので、弥生は私服に帽子という出《い》で立《た》ちで出かけた。

　運転する博次の助手席に座り、都心を目指す。

「デートみたいですね」

「私はそのつもりだよ」

「あ、はい……」

真っ赤になって外を見たけれど、窓に微笑《ほほえ》む博次が映っているのを見てしまい、弥生は耳まで赤くなった。

――毎晩してるから……変に意識してる。

同性から見ても格好いい博次からはっきり『デート』と言われて、嬉しくなっている自分を自覚する。

色々と考えている間に、車は高層ビルの駐車場へと入った。そして駐車場を出ると、最上階直通のエレベーターに乗る。

最近完成したばかりのビルは、観光客で賑《にぎ》わっているとテレビで見たけれど、エレベーター内は貸し切り状態で弥生と博次しか乗っていない。

「そんなに緊張しなくて大丈夫だからね。この階は、会員しか入れない仕様になっているから、寛げるよ」

つまりは、最上階フロアにあるのは会員制のレストランという事だ。

両親からテーブルマナーの実習として有名店に連れて行かれた事はあるが、こうして家族以外の人と食事をするのは初めてだ。

「高そう……」

「最上階だから、景色はいいよ。見ておいで」

弥生は値段のことを言ったのだけれど、少しズレている博次には単純に高層階が珍しいとだけ思われたらしい。

けれど、大きな窓から広がる景色に、弥生がはしゃいでしまったのは本当だ。

その時、背後から博次に声がかけられる。

「二条君か、久しぶりだな。よければ少し時間をもらえまいか」

「申し訳ありません。今日はプライベートなので」

「そうだったか」

仕事の関係者らしき初老の男性は、残念そうに名刺だけ渡して立ち去ろうとした。けれど弥生は、男性が踵《きびす》を返す前に、声を張り上げる。

「僕、景色とお土産《みやげ》見てから部屋に行きます。だから博次さんは、気にしないで仕事の話をしてて下さい」

展望ラウンジの横には、この店限定販売のクッキーが並べてある。実際、景色もクッキーも気になっていたので、嘘ではない。

「すまないね。部屋は私の名前で取ってあるから、選び終わったら店員に聞きなさい」

相手の人も頭を下げてくるので、弥生もぺこりと返す。これがマナーとして合っているのかは分からなかったが、博次は何も言わなかったのでそのまま販売品の並ぶ棚の側に移動した。

——っていうか、そもそも邪魔なのは僕じゃないか。

冷静に考えれば、平日の昼間に仕事を休んでのんびりと食事をするような立場の人ではない。

ほぼマンション内で過ごしていたせいか、すっかり曜日感覚がなくなっていた。忙しい博次に余計な気を遣わせてしまったことを謝らなくてはと、弥生は急いで買い物を済ませる。

そして予約してある部屋の番号を聞くと、案内すると言うウエイターに構わず駆けだした。

少しでも早く、謝りたいという気持ちからの行動だったけれど、すぐ後悔する事となる。

「あれ？」

どうやら客同士が顔を合わせない配慮の作りらしく、店内は入り組んでいる。部屋を間違えないよう、入り口に番号が振ってあるけれど、全体的に照明が薄暗く見落としがちになる。

——店員さん……いない。

仕方なくお土産物店のある場所まで戻ったが、運の悪いことに接客の最中だった。

「——おい、二条が連れていたガキだな？」

突然肩を叩かれ、驚いて振り返ると、二人の部下を従えた神経質そうな男が立っていた。

「礼儀も知らない子供を連れ歩いて、あいつも何がしたいんだか分からないな」

「君、名前は？　こういった場所では、帽子は取るものだぞ。失礼じゃないか」

――博次さんの知り合いみたいだけど？

先程話しかけてきた初老の男は、まだ年若い弥生にも丁寧に挨拶をしてくれた。しかし彼《かれ》等《ら》は、怪訝《けげん》そうに見ているだけで名乗りもしない。

「佐上弥生と言います。帽子はその……すみません。事情があって……」

「事情？　どうせファッションだなんだと、下らない理由でしょう。いい加減に取れ、社長に失礼だぞ」

一方的に決めつけた中年の男が、弥生が抵抗するのも構わず帽子を取ってしまう。当然、三毛柄の猫耳が露《あらわ》になり男達が顔を見合わせた。

「なんだこりゃ？　猫の耳？」

社長と呼ばれた若い男が、弥生の猫耳を力任せに引っ張る。生えてきた当初こそ、感覚はぼんやりしていたが今ではかなり敏感だ。

「痛っ」

「……本当に生えているのか……どうなっているんだ。まさか病気？」

中年の男が気味悪そうに、手にしていた弥生の帽子を床に投げ捨てる。

しかし中でも一番若い男が、はっとした様子で指摘した。

「若者の間で、こういったグッズが流行《はや》ってると聞いたことがあります。もしかしたら二条グループの製薬部門が猫の耳を生やす薬でも開発したんじゃないですか？」

「ああ、それで君は実験材料になっているという訳か」

明らかな蔑みを含んだ声に、弥生は狼狽《うろた》える。

人は殆《ほとん》どいないが、ここは公共の場だ。それに男達からすれば、弥生がまだ成人していない事くらい分かるだろう。

初対面の、それもまだ学生の自分をいきなり数人で取り囲み侮辱して笑う大人に、弥生はただ困惑する。

「オモチャとしては面白いが、本当に生えているとなると気持ちが悪いな。大体、俺は猫が嫌いなんだ。犬の方が従順で扱いやすいじゃないか。君達もそう思うだろう」

「ええ、社長の仰《おっしゃ》る通りです」

「最近の流行りは、理解できませんなあ」

今度は強く捻《ひね》られ、弥生は余りの痛みに涙ぐむ。まるで子供の虐《いじ》めだが、彼等は心から楽しげだ。

「まあ待ちなさい。二条と関わっても、ろくな事がないと教えてあげよう」

「結構です」

「社長が直々に教えると言っとるんだぞ。言うことを聞け」

いかにも腰巾着という感じの取り巻きが、にやにやと笑って弥生を小突く。逃げようとしても上手《うま》く道を塞《ふさ》がれてしまい、どうすることもできない。

「耳だけか？　尻尾は生えているのか？」

「社長の質問には素直に答えろ」

恫喝《どうかつ》している訳ではないので、遠くから見れば単に歓談しているだけと思われているだろう。

現に一番近くにいる販売所の店員は、声をかけて良いものか迷っている様子で、近づいてこない。

思い切って声を上げ、店員に助けを求めようとしたところで、少し離れた場所から、一人の男が足早に近づくのが見えた。

「山中《やまなか》様、これをご覧下さい」

そして、それまで社長と呼ばれていた男にタブレット端末を差し出す。

「気になったので、君の素性を調べたよ。佐上弥生君」

引き留めたのはわざとだったと、弥生も気付く。

「二条よりは家柄が格下だが、実験体として使われるような訳ありの出でもないようだな。何故、君は休学までしてあいつと暮らしているんだ」

問われたが、答えるつもりはない。

――流石に数分じゃ、呪いまでは分からなかったみたいで良かった。

黙っていると、苛立《いらだ》った様子で帽子を取った男が今度は肩を掴んで揺さぶる。

「さっさと答えろ。失礼だろう」

「話す必要なんてありません」

「まあまあ、落ち着いて……そうだ、君は佐上家が二条家に融資を頼んでいると知っているのかな？」

「え？」

「ああ、すまない。学生には関係ないビジネスの話を聞かせてしまった。忘れてくれ」

わざと言ったという事くらい、相手の様子を見れば弥生にだって分かる。

いかにも心配するふうを装っているが、明らかに山中という男は弥生の反応を楽しんでいた。

「そのうち、君は売られるんじゃないか？　昨年から二条グループが、製薬部門に力を入れているのは知っているだろう。君はその実験体として最適だ」

「博次さん……二条さんはそんな人じゃありません！」

思わず怒鳴ると、その声に気付いてくれたのか博次が戻ってくるのが見えた。隣には、先程の老紳士もいる。

「弥生？」

「おや、山中君じゃないか？」

二人の姿を見た途端、弥生を囲んでいた男達は足早に店を出て行く。弥生は床に落ちた帽子を拾って被ってなんでもないふうを装うけれど博次は何か察したようで眉《まゆ》を顰《ひそ》める。

「あの人達、博次さんのお知り合いですか」

ガラも悪いし、ああいったタイプの人間と付き合いがあるようには思えない。すると側にいた老紳士が、困った様子で口を開く。

「山中君は最近やけに二条君の友人関係にコンタクトを取ろうとしていると、こちらにまで話が来ているよ。まさか君のような仕事に関係のない人にまで絡むとはね。度が過ぎる。私の方からもきっちり注意をしておくよ」

「ありがとうございます」

「二条君なら上手くあしらえると思うけれど、気を付けた方がいい。時間を取らせて、すまなかったね。今度そちらの子も一緒に、食事でもしよう」

そう言うと、老紳士は弥生にも会釈をし個室へと戻った。弥生も博次に促され、個室へと移動する。

「――彼、山中悟《さとる》とは去年、雑誌の特集で同年代だからという理由でライバル特集みたいな対談をしたんだよ。他にも何人かいてね、他の人達とは食事に行ったりしているけど。彼だけは輪に入りたがらなくて……何だが私を敵対視しているようなんだ」

つまりは、博次が羨《うらや》ましくて堪らないのだろうと弥生は内心納得した。そうでなければ、博次と一緒にいただけの弥生にしつこく絡む理由が分からない。

「そうだったんですね」

「これまでは私にだけ突っかかって来ていたから、気にしなかったんだ。まさか弥生に接触してくるとは、予想外だ。なにかされたのなら、隠さず言って欲しい」

「大丈夫です。何もされてませんよ」

「しかし、帽子は……」

「本当に何でもないです」

納得いかない様子だけれど心配させたくないので、弥生は強引に話を打ち切った。

「食事が終わったら、映画でも見に行こうか。さっきまで話をしていた方は、映画関係の方でね。時間を取らせてしまったお詫《わ》びにとボックス席へ招待してくれたんだよ」

博次がスマートフォンを操作して、最近話題になっている映画の情報をいくつか表示する。

「この中から選ぶ事になるけど。ほぼ個室の席だから、帽子を取っても大丈夫だよ」

「見たかったのばっかりだ！　耳が生えちゃって、映画館で見るのは諦めてたから嬉しいです」

「それなら良かった」

はしゃぐ弥生だが、ふと黙った瞬間にお腹《なか》が鳴る。顔を見合わせ、どちらからともなく笑ってしまう。

「嫌な事は、美味《おい》しい食事をして映画を見て忘れちゃいましょう」

「ああ、弥生の言うとおりだね」

無粋な邪魔が入ったけれど、気にせず笑いとばしてしまえばいい。

しかしこの時はまだ、弥生も山中の狙いが自分に移ったと気付いていなかった。


博次のマンションで同居を始めてから、弥生は当然高校には通えていない。一人で過ごす昼の間は、家事をしつつ勉強が遅れないようにタブレットで自習をしている。

時折、博次が時間を作って一緒に買い物へ行ったりするけれど、基本的に彼は忙しいので外出はまれだ。

母親とは時々電話で連絡を取っていたのだが、ここ数日は伯父《おじ》の容態が悪いらしく短いメールの遣《や》り取《と》りだけだ。

そうなると話し相手もおらず、一人きりで色々考え込んでしまう。

「猫耳、消えないなー」

頭を触ると、相変わらずそこには髪の毛とは感触の違う毛の固まりがあって、軽く触れるとむず痒《がゆ》い。

尾は完全に消えたものの、毎晩中出しのセックスをしてもらっているせいか、博次が側にいるだけで妙な気持ちになる。

具体的に言うと、できるなら一日中博次に甘えたくて堪らないのだ。セックスをしたいという訳ではなく、とにかく体を密着させて、彼の存在を感じたい。

——僕を呪ってる猫が博次さんの事、夫だって認識しちゃってるのかな？

これも呪いの弊害なのかと考えるけど、未《いま》だに呪いと佐上家の関係が書かれた古文書が全て解読されていないので、真相ははっきりしない。

——っていうか、これじゃ猫だよなあ。もういっそ、猫になった方が博次さんにも迷惑がかからなくていいのかも。

ふと、山中の言葉を思い出す。

佐上家が二条家に融資を申し込んでいる事も、二条グループが製薬部門に力を入れていることも初耳だ。まだ学生の弥生が知らされていないのは無理もないが、聞かされてからは他にも隠し事があるのではと考えてしまうようになった。

憂鬱な気持ちでタブレットの電源を落とした弥生は、壁にかかっている時計を見る。

まだ午後三時を回ったくらいなので、博次が帰宅するまでは時間がある。

「昼寝でもしようかな」

このところ、やけに眠い。これも猫化が進んでいるせいなのかと、疑ってしまう。何をしていても不安になり、弥生の気持ちは沈むばかりだ。

そんな時、マンションの入り口に来客があると、コンシェルジュから連絡が入った。すぐモニターに映して貰うと、弥生は歓声を上げる。

「鉄也《てつや》！」

『久しぶり』

「良かったら上がってよ」

門脇老の孫である鉄也なら、博次の許可を取らなくても上がってもらって大丈夫だろう。直《す》ぐにロックを解除して、専用のエレベーターに乗ってもらった。程なく玄関のチャイムが鳴り、弥生は急いでドアを開ける。

「元気そうだな、弥生。うわっ、本当に猫耳だ……」

猫耳が生えた当日に写真を送ってあったが、やはり現物を前にして鉄也は目を丸くしている。

「触る？　……気持ち悪い、かな？」

「えーっ、ふわふわしてて、可愛いじゃん。てか、触っていいのか？　わ、ねーちゃんが飼ってる猫と同じだ」

二人が通う私立校は、自由な校風で知られている。けれど親がお堅い職業だったり、血筋の関係で真面目な生徒も多い。

その中でも、群を抜いて『セレブ』と称されるグループにいるはずの鉄也だが、本人はかなり気さくで髪を茶色に染めたり、鞄も指定外の物を使ったりしている。

だからといって不良という訳でもなく、どちらかと言えば熱血と渾名《あだな》されるほど友達思いの性格だ。

外見でチャラく見られるけど真面目で熱血、その上動物好きというギャップがあって他校の女子からも人気がある。

童顔の弥生と私服で歩いていると、カップルに間違えられる事もあるが、鉄也はそれを笑いとばして気にしないような明るく気の優しい幼なじみだ。

「これノートのコピー。ラインで連絡取りたいって言ってるやつがいるけど、病院がそういうの禁止で弥生も画面見ると頭痛するって言ってあるから。あと、学校には爺《じい》ちゃんが上手く言ってくれてる」

ソファに座って貰い、冷蔵庫からジュースを持って来てコップに注ぐ。お茶菓子は、鉄也が持参してくれたドーナツだ。

「助かるよ」

連絡を取り合っていないと不安だけれど、なにかの拍子に病院ではない場所にいると気付かれるかも知れない。

念には念を、という事で幼なじみの鉄也が学校関係は、全ての窓口となって対応してくれているのだ。

「二条さんとはどうなんだよ？　上手くやれてるか？」

「あ、うん」

「許嫁《いいなずけ》の真似なんて最初は爺ちゃんアホかと思ったけど、その様子なら安心だな。てか、男二人で許嫁って……どっちが女役なんだ？」

興味津々《しんしん》で聞いてくる鉄也に弥生は苦笑で返す。彼はあくまで、許嫁云々《うんぬん》は冗談だと思っているのだ。

当然だが、鉄也は弥生が博次とセックスをしているなど知らないし、知らせるつもりもない。

鉄也自体も祖父である門脇老から『許嫁として側にいることで、猫耳を消す』と教えられている。

「あのさ、僕の家のこと。何か聞いてる？　この頃、母さんも父さんも忙しくて、なかなか連絡ができないんだ」

余り追及されたくないので話題を変えたが、どうしてか口をへの字に曲げる。そして溜息をつくと、暗い声で話し始める。

「……お前の本家の事だけどさ。色々とややこしそうだ」

「どういうこと？」

「呪いが解けてないのも問題なんだけど、壊された祠《ほこら》ってのが土台から痛んでたみたいでさ。うちの爺ちゃんの知り合いに宮大工《みやだいく》やってた人がいて、その人に連絡したら折角だし全部建て直そうって話になってる」

「なんか、ごめん」

「いいって。こっちこそ、爺ちゃんが口出ししてごめんな。とりあえず直して、お祓《はら》いだけでもすりゃいいのにさあ。弥生の猫耳を消すことを優先で考えろっての」

自分の事でもないのに、本気で怒ってくれる鉄也に弥生は嬉しくなる。

博次は『猫耳の生えた弥生は可愛い』と言ってくれた。その言葉も嬉しいけれど、こうして心配してくれる友人の気持ちも有り難《がた》い。

「他になにか聞いてることとかある？」

「ご両親は、倒れた親戚《しんせき》の世話や祠の事で手一杯だって。そういえば、お前の兄さん達だけど……」

弥生には二人の兄がいる。

既に結婚して、海外での事業を任されている長男の太一郎《たいちろう》。

そして鉄也のはとこと婚約中の次男、誠司《せいじ》だ。誠司は博次の一歳下で、なにかと比べられると愚痴を零しているが、弥生からすれば二人とも優秀な兄である事に変わりはない。

「上のお兄さんは、やっぱり帰国は無理そうだってさ。代わりに二番目のお兄さんが、仕事を切りあげて俺のはとこと一緒にこっちに向かうって」

国内にいる誠司が仕事の調整が付き次第、両親を手伝いに来るらしい。

兄が来てくれるのは心強いが、申し訳ない気持ちにもなる。まさか部下達に『弟が呪われた』なんて説明をしている訳でもないだろう。

いずれは佐上家を支える立場になる兄達に、余計な負担をかけている自分が情けない。

「たまになんだけど。尻尾や犬歯も生えるようになってきちゃって。このまいっそ猫になった方が、みんなの迷惑にならなんじゃないかなって最近思っててさ」

「なに言い出すんだよ、弱気になるな！」

「今は博次さんのお陰で猫化は止まっているけれど、この先どうなるか分からないし。このままじゃ学校にだって行けないから、卒業できないよ」

「いきなりどうしたんだよ！　話が飛躍しすぎだぞ」

自分でもそう思うけれど、これまでずっと堪えていた不安は一度口にすると止まらなくなる。

「家族も大変だしさ、博次さんには迷惑かけてるしこんな愚痴言えないし。鉄也も来てくれたのに、暗い話してごめん」

「俺の事は気にすんなよ。そりゃこんな訳分かんない事になったら、俺だって泣きたくなるぜ」

次第に二人して、涙目になってくる。

「もし僕が猫になっても、鉄也は友達でいてくれる？」

「当たり前だろ。毎日煮干しと猫缶持って、遊びに行くぞ」

肩を抱き合い、わあわあと泣いていると、背後から困惑した声が聞こえた。

「……弥生？　一体、どうしたんだい？」

泣いていたせいで、玄関を開ける音に気が付かなかったのだ。弥生と鉄也はティッシュで鼻をかみ息を整えると、背広姿で立ち尽くしている博次に向き直る。

「博次さん、こちらは門脇鉄也。僕の親友です。あの、泣いてた理由は……後で説明します」

「初めまして。じゃないですよね」

「前回お会いしたのは、門脇老が主催した新年のパーティーだったかな」

そういえば二条家も門脇家と同じく由緒ある家なので、交流があってもおかしくない。

「急に来ちゃって、すみませんでした」

「いや来てくれて嬉しいよ。この通り私は仕事が休めなくて、昼間は弥生一人だから。寂しい思いをさせてしまってて。弥生の事情を話せる相手もいないからね。これからは、いつでも来てくれて構わないよ」

それまで笑顔だった鉄也が、急に真剣な顔で黙り込む。弥生は首を傾げたが、すぐ失態をした事に気が付いた。

そっと博次に視線を向けると、彼も『しまった』という顔をしている。

——名前で呼びあってるなんて、変だよね……僕達のこと、気が付かれた？

真似事で婚約者のふりをしていると知っていても、鉄也の前でまで演じる意味はない。けれど鉄也の思考は、二人の想定を超えていた。

「なんだ、二人とも結構打ち解けてるじゃん！　二条さん年上だし、二人とも話とか合わなくて仲良くなれなかったらどうしようって心配だったんだぞ」

笑いながら弥生の肩を叩く鉄也は、単純に仲が良いとだけ考えたようだ。

ほっと胸を撫で下ろす弥生の横から鉄也が立ち上がり、徐《おもむろ》に博次の前に歩み寄る。

「弥生の猫耳、可愛いけどさ。消せる可能性があるのは、二条さんしかいないって爺ちゃん言ってて。このままじゃ単位が足りなくて、一緒に卒業もできなくなるんだ。まだ若輩だけど、門脇の跡取り候補として、弥生の事お願いします。俺にできる事なら何でもするから！」

深く頭を下げる鉄也に、博次が慌てて頭を上げるように促した。

「落ち着いて、鉄也君。私としてもできるだけ早く、解決できるように尽力するよ。もしかして、弥生の耳を心配して二人で泣いていたのかい？」

二人が同時に頷くと、博次は二人の頭に手を置いて優しく撫でてくれる。

「子供にそこまで心配させてしまうなんて、大人として失格だな」

「俺達、子供じゃない！」

「そうですよ、鉄也の言うとおりです」

「……まあ、そういう事にしておこうか。そうだ、鉄也君の門限が大丈夫なら夕食を食べていくかい？」

くすくすと笑う博次に不満げな弥生と鉄也だったが、出された提案にすぐ頷く。

「夕飯はクリームシチューだから、量は問題ないし。良かったら食べてってよ」

「いいのか？　それじゃ、お言葉に甘えまーす。弥生の料理って、おばさん仕込みだからすっげーうまいんだよな」

鉄也の両親は二人とも仕事で忙しく、幼い頃から互いの家を往き来していた事もあり、佐上家の手料理が大好物なのだ。

賑やかな食事を終えて鉄也が帰ると、急にリビングが静かになって弥生はなんとなく寂しくなる。

「良い友人を持ったね。彼の期待に応《こた》えるためにも、早く何とかしないと……」

一緒に片付けをしていた博次が、元気づけるように言うけれど、声音に微妙な引っかかりを覚えた。

初対面だったら、絶対に気が付かない些細《ささい》な違和感だけれど、今の弥生は博次の変化に敏感だ。

「博次さん、なにか僕に聞きたい事がありますよね。正直に言って下さい」

真っ直ぐに見上げると、博次が困った様子で眉を顰める。けれど誤魔化す方が良くないと弥生は思い、黙っている博次に詰め寄った。

「言って下さい。博次さんが嫌だと思うことなら直します」

「そういう事じゃないんだ。むしろ私が悪い……その、やはり鉄也君がちょっと」

珍しく言葉を濁す博次に、弥生は言葉を選びながら彼の真意を探る。

「あの、もしかして。僕が鉄也と友達以上の関係とか、まだ思ってたりします？」

はっきり『嫉妬してますか』とは流石に聞けない。気まずそうに頷く博次を前にして、弥生は頬を赤らめる。

しかし意味は博次も気付いたのだろう。

これまで博次から優しい言葉を何度ももらい、恋人同士のように体も重ねてきた。でもそれは、猫耳の呪いを解くためという事情が絡んでいる。

嬉しいと思う反面、博次の優しさを恋愛感情から来るものと捉えてはいけないと弥生は気持ちをセーブしていたから、こうして些細な嫉妬をしてくれた彼を愛《いと》しく思ってしまったのだ。

「前にも話したとおり鉄也とは幼なじみの親友で、それ以上の気持ちはありません。ずっと僕の事を心配してくれてるんです。博次さんも知ってるでしょう？」

門脇家と佐上家の微妙な関係は、博次も知らされている筈だ。

それに母の件がなくても、幼い頃から側にいた鉄也は弥生にとって親友以外の何でもない。

「そうだね。これじゃ私がされてきたことを、君にしているも同じだ」

え、と弥生は博次を見上げた。

「まさか、ストーカーしてた女の人達みたいに、独占欲が出てたって事ですか？」

「そういう事になるね。幻滅したかい」

自分より十歳以上年上の、それも雑誌で特集されてしまうような博次が自分の事を嫉妬するまで思ってくれている。

驚きよりも嬉しさがこみ上げてきて、弥生は真っ赤になって俯いた。

「博次さんにそう思ってもらえて、嬉しい」

許嫁の真似をしているだけの筈だったのに、いつの間にか弥生の心にも彼を慕う感情が芽生えていた。

セックスをしたから、感情まで流されて疑似恋愛をしているのではなく、自分は博次が好きだと自覚する。

「でも鉄也のことはもう疑わないで下さいね。あいつは、親友なんです」

「ああ。私の方こそ、疑ってすまなかった」

抱き寄せられて、弥生は彼の背に腕を回す。

つま先立ちになって背伸びをすると、触れるだけの優しいキスが送られた。

風呂から出ると、既に弥生がベッドに座って待っていた。

毎晩淫《みだ》らに抱き合っているにもかかわらず、灯《あか》りを間接照明にしても分かるくらい顔を真っ赤にしている。

「今夜は私が仰向《あおむ》けになって、弥生が跨《また》がる体位にしようか」

「……うん」

こくりと頷く弥生の瞳は、期待で潤んでいる。

深く受け入れた状態で射精して貰うと、全身が痺れるような快感に包まれるのだと弥生は言っている。

それを知ってしまってから、弥生は『猫化を遅らせるため』と言い、博次とより深く繋《つな》がれる体位を求めるようになっていた。

可愛らしいおねだりを拒否する理由などないので、夜ごとの快楽で愛らしく変化していく弥生を博次は丁寧に開発する。

ローションで後孔を軽く解し、弥生をリードしつつ自分から雄を挿入できる位置に導く。

快楽を欲している弥生は、恥ずかしがりながらも博次の指示に素直に従い、蕩《とろ》けた後孔を硬い屹立《きつりつ》に落とした。

「んっは……あ、胸……やん」

勃《た》ち上がった中心から蜜を零す弥生の胸を、博次は愛撫する。

感じて赤く充血した乳首を捏ねられると、後孔がきつく締まるのだ。

「あっぁ」

ひくんと弥生が体を震わせ、太股《ふともも》が閉じられた。絶頂する寸前に胸から手を離して、細い腰を摑む。

「弥生、そのまま締め付けて」

「は、い……」

奥深くに挿入したまま、後孔の痙攣《けいれん》と締め付けだけで雄を射精させるように促す。すっかり博次の形を覚えてしまった弥生の中は、まるで別の生き物のように淫らに蠢《うごめ》き、精液をねだる。

博次は甘く喘《あえ》ぐ弥生の腰をしっかり固定し、最奥に自身を収めたまま射精した。強い快感は得られない代わりに、絶頂が長く続く。

腰を振ろうとする弥生だが、博次に押さえられているので上半身を捩《よじ》るのが精一杯だ。

その間もびくびくと内部が不規則に震え、達していることが分かる。

「博次さん、すき……」

腰を摑む手に、弥生の細い指が絡む。そのまま、弥生は博次の胸に体を倒したので、表情は分からない。

位置を変えようとしたが、寸前で弥生がぽそりと呟《つぶや》く。

「僕が猫になったら、飼ってくれますか？」

冗談なのか本気なのか、甘さの残る声音からは分からない。だから博次は、素直な気持ちを告げる。

「当然だよ。君が猫になっても、ずっと側にいるから安心しなさい」

「よかった」

「愛してるよ。弥生」

びくりと弥生が体を震わせる。

「嬉しい」

「泣いているのかい？」

答えない弥生が顔を伏せたまま博次から離れて、腰だけを上げる。

「もっと……交尾して下さい。後ろから、動物みたいにして」

既に弥生の体は、一度だけでは満足しない体になっていた。そういうふうに変えたのは、博次だ。

責任は取るつもりでいるし、猫耳が消えても手放すつもりはない。

「愛している、私には、君だけだ」

背後から抱きしめ、弥生の望む体位で深く後孔を穿《うが》つ。途端に甘い嬌声《きょうせい》が弥生の唇から零れ、誘うように腰が揺れる。

達したばかりで敏感になっている体は、少し小突いただけでも過剰な反応を示す。

「だ、め……いってる……いくの、終わらない……よ」

「もっと感じていいんだからね。私たちは、番《つがい》なんだから」

わざと獣のような言い方をすると、余計に感じたのか弥生が蜜を放つ。その夜は、朝まで獣の真似をして貪り合った。

そんな甘い夜が明け……二人が目覚めると、これまで何をしても消えなかった猫耳が綺麗《きれい》に消えていた。

猫耳が消えた弥生は、すぐに母にメールを送ったが返ってきたのは意外な知らせだった。

『伯父さんの容態が不安定で、祠の事も話が纏まらないから。暫《しばら》く二条さんの所にいさせてもらって』

てっきり呪いが解けたから猫耳が消えたのかと思ったのだが、本家の方では相変わらず事態は変わっていないらしい。それどころか、いつもならメールでも能天気な母がやけにあっさりした文面で返事をしてきたのも気にかかる。

博次にメールを見せると、やはり違和感を覚えたらしく当分は一緒にいようと言ってくれた。

「私としては、弥生と同棲を続けられるのは嬉しいから。断る理由なんてないよ」

「ばかなこと、言わないで下さい」

照れ隠しに口を尖《とが》らせると、素早く口づけられてしまう。まるで本当の新婚のような日々に浸りきっていた弥生だが、嵐は突然訪れた。

母からのメールが来てから三日後、いきなり博次のマンションへ二番目の兄である誠司が婚約者の門脇有美《ゆみ》を伴って訪ねて来たのだ。

てっきり母の手伝いをすると思い込んでいた弥生は、兄の訪問にただ驚く。

狙っていたのか何なのか、博次は仕事に行っており弥生はどうしていいのか分からない。呆然《ぼうぜん》としている弥生をインターフォン越しに叱《しか》り、強引に中へと入って来た誠司は久しぶりに会う弟を見るなりいきなり抱きしめてきた。

「心配したんだぞ！　何か不便なことはないか？　酷い事、されてるなら正直に話してごらん。これからはお兄ちゃんがずっと一緒にいるからな」

「えっ、なに？　どうしたの？」

「ごめんね。お義母《かあ》さんから連絡が来てから、ずっとこの調子なのよ。全く、ブラコンでもいいけど、しっかりしなさい。弥生君が固まってるじゃない」

涙と鼻水でぐちゃぐちゃになった誠司に、有美がハンカチを渡す。確か国立大の政経学部を主席で卒業したばかりの才女で、誠司とは六歳離れている筈なのに対応は完全に姉さん女房だ。

「それにしても、問題の猫耳は？」

「うん。何日か前に、急に消えたんだ。でも生えてたのは、本当だよ」

疑われているのかと思って付け加えるが、誠司は首を横に振る。

「お前の言葉を疑う訳がないだろ。それに母さんから写真も見せて貰った。ともかく、消えて良かった。これでここにいる意味はなくなったな。すぐに荷物を纏めるんだ」

「待ってよ。博次さんに何も言ってない……」

「彼には私から話を通してある」

衝撃的な言葉に、弥生は絶句した。

今朝、出かける時に彼は何も言っていなかった。

――じゃあオフィスで話をしたってこと？

ここへ来る前に、兄が博次のオフィスに寄って話を付けてきたのだとすれば辻褄《つじつま》は合う。博次が勝手に決めるとも思えないが、やはり年下の子供との同居は面倒だったのかも知れない。彼は優しい人だから、弥生にはこれまで文句の一つも言わなかった。

「弥生、流石に二条さんに甘えすぎだ。これまでは母さん達がいないから仕方なく同居してもらっていたけれど、身内である私が戻ったのだからここを出るべきだろう」

問題のストーカーと、猫耳は解決している。

　だとすれば誠司の言うとおり、同居を解消しても問題はない。というか、むしろそうした方が正しいと弥生も分かっている。

黙って頷くと、あからさまに誠司が表情を和らげた。

「大体母さんも、何を考えているんだか。弥生に許嫁の真似をしろだなんて。お前の身に何かあったらと考えたら、気が気じゃなかったんだぞ」

「あのさ、僕男だよ？」

「相手は女たらしで有名な二条だぞ！　いくら警戒したって足りない。何かされた後じゃ遅いんだ」

個人的に気に入らないのだと、あからさますぎる文句に横で聞いている有美は呆《あき》れた様子で溜息をつく。

「こっちに向かう飛行機の中から、ずっとこうなのよ。本当にバカよね」

兄が懸念している想像以上の事をしていたなどと、口が裂けても言えない。しかし妙な心配をされて、大人《おとな》しく頷くのも納得がいかない。

「お前は俺や太一郎兄さんと違って、母さんに似ているからな。万が一の事を考えろ。そうだ母さんは父さんの代わりに、本家に詰めてるから。暫くは俺のうちにいればいい」

「……でも有美姉さんに悪いよ」

誠司は出向先の家とは別に、実家近くにもマンションを持っている。有美の実家も近いので、戻る度にホテルに泊まるよりは気が楽だからと、婚約してすぐに買ったのだ。

「私の事は気にしないで。なんだったら、私が鉄也の所に行くから。まあ私としては、可愛い弟と同居したいけど」

「いいえ、有美姉さんがよければ。僕は別に……」

「いいのよ。猫耳の話を聞いたときは驚いたけど、古い家って色々あるものみたいだし。門脇の本家も表に出てないだけで、厄介な話がたくさんあるから」

「そうなんだ」

「今度鉄也に聞いてみたら？　あの子、跡取り候補だから小さい頃からそういう関係の事には必ず連れてかれているわよ」

だから、弥生の猫耳話を聞いても、すぐに信じてくれたのだと納得する。

結局弥生は、兄に急《せ》かされるまま博次と連絡を取る間もなく、マンションから連れ出された。

それから数日は、実家近くの兄のマンションで何事もなく過ごした。

しかし夕方になると二条がマンションの入り口まで来て、兄と口論になっているのをベランダから見てしまった。

問い質《ただ》すと、やはり兄は博次と話し合ったわけではなく、一方的に弥生を連れ出したことを認めたのである。

当然弥生は怒ったが『猫耳が消えたのに、居候《いそうろう》をする意味はない』と諭されてしまうと、反論はできなかった。

まさか『博次が好きだから』なんて言えるわけもない。連絡を取ろうとしても、毎日スマートフォンをチェックされるので迂闊《うかつ》にメールも送れず、不満ばかりが溜《た》まる。

けれど物事はそう上手くいかないと、弥生達は思い知らされる。消えていた猫耳が、また生えてきたのだ。

もう猫耳が生える兆候はないと兄の誠司が判断し、明日から高校へ行こうと決めたその夜。

風呂から出て髪を乾かしていた弥生の手に柔らかな毛が触れた。

「……戻っちゃった」

急いでリビングに行くと、誠司と有美が目を見開く。

「や、弥生っ？」

「わっ、三毛柄で毛並みもふわふわ！　可愛い……けどこれじゃ、困るわよね」

「誠司兄さん、どうしよう？」

――猫の鳴き声も聞いてないのに、なんで？

ぴんと立った猫耳は、以前のようにぴるぴると動いて周囲の音を拾う。無意識に博次の声を探していると、弥生だけが気付いた。

思い当たるのは、博次とのセックスをしなくなったことくらいしかない。博次と離れてからは、夜の疼きがなくなったので、呪いは完全に解けたと思っていた。

会えないことは寂しかったけれど、全ての問題が解決したら改めて会いに行こうと思っていた。

「そうだ、本家に行けばなんとかなるかもしれないぞ」

「誠司兄さん。本家に行っても、消える保証はないし。ていうか、悪化するかも……」

現に伯父は倒れたままで、病状は悪化していると聞いている。実家に戻ってしまった伯母も、相変わらず連絡が付かない。

それに弥生が兄の所に来たことは両親に報告してあるので、今更『猫耳がまた生えた』なんて伝えたら、母は取り乱すだろう。

「やっぱり祠を元通りにするまで、弥生君は一条さんの所で暮らした方がいいんじゃない？」

そう有美が提案すると、不満そうに誠司が口を挟む。

「どうしてそうなるんだ」

「だって祠を壊した呪いで猫耳が生えたり、親戚の方が病気になったりしたんじゃないの？　それなら元通りにして、祀《まつ》ってた猫神様に誠心誠意謝れば許してもらえるんじゃない？」

ある意味、とても基本的な解決方法だ。まだ本家は古文書の解読に成功しておらず、祠の修復に取りかかっていない。

呪いを解く事ばかりに目を向けて、思考が停止した状態だ。

「お義父《とう》さん達をせっついて、早く祠を建てちゃえばいいのよ。私もお爺ちゃんを説得するし」

「ならこのまま、弥生がうちにいてもいいって事になるだろう」

「誠司さんの言う事も分かるけど。こうして猫耳が戻っちゃったって事は、やっぱり一条さんとの偽装婚約が効いてたのよ」

誠司が苦虫を噛《か》みつぶしたような顔になるけれど、有美は気にもしない。

「尻尾が生えるまでは、時間がかかったのよね？　完全に猫になるって仮定しても、それまでにかなり猶予《ゆうよ》があるんじゃないかしら。その期間をもっと延ばせるなら、安心でしょう」

猫耳が生えてからのことは、博次とのセックスはぼかしつつ二人に説明済みだ。だからこそ有美は、博次の元へ戻るよう勧めるのだろう。

「我慢してって言ってるわけじゃないのよ。変化が怖いなら、進行しないように二条さんの所でこれまで通り生活するのもありなんだから」

——でも……。

正直な所、博次の家に戻りたい気持ちはある。

けれど自分が側にいることで、山中のような人間が、博次の悪い噂《うわさ》を広める原因にもなってしまう。

「私が悪いんだ。すまない、弥生。馬鹿な兄を殴《なぐ》ってくれ……業績だって、俺達がしっかりしていないからだ」

「ちょっと誠司さん。極論に走らないの！」

慌てた様子で有美が咎《とが》めるけれど、弥生の耳にその独白は届いてしまっていた。

「誠司兄さん、業績ってどういうこと？」

「もう、弥生君に余計な心配させるんじゃないの。弥生君、仕事の方は大したことないから気にしないで平気よ——会社の事は置いといて、ますば弥生君の猫耳よね。学生なんだし、そろそろ学校に行かないと単位まずいでしょ」

弥生を気遣って有美が話題を変えようとしてくれたが、猫耳を再び生やしてしまった原因が自分であることにショックを受けた誠司はなかなか立ち直れず頭を抱えたままだ。

「耳。ああそうだな……」

「しっかりしなさい。困ってるのは弥生君なのよ。仕事なんて、誠司さんが頑張れば何とかなるわよ！　それと現実に猫耳が生えてるんだから、認めて弥生君に謝って」

有美が誠司の後頭部を掴み、テーブルではなく、直接床に擦り付ける。土下座《どげざ》する形になった誠司は、怒ることなく受け入れ両手を突いて弥生に謝罪する。

「すまない弥生。軽率な行動をしたばかりに、お前を困らせてしまって……」

「そのメンタルの弱さが、問題なのよね。誠司さんは、この私が見初《みそ》めた相手なんだから堂々としなさいよ」

——有美さん格好いい！

家の力関係を考えれば、有美の方が強い。しかしこれまでの有美は、大人しい印象しかなく家族で会ったときも一歩下がって誠司を立てていた。この強気の姿勢が彼女の本来の性格なのだろう。

「しかし、どうすればいいんだ」

こんな時、一番頼りになる長男の太一郎は海外で連絡の取りづらい地域にいる。両親も祠の建て直しやら何やらで、忙しいと知っているからこれ以上不安にさせたくない。

そもそも、信頼できる相手に託すという名目もあって二条に預けられたのだから、彼から引き離したこと自体が本末転倒だ。

「誠司さんがブラコンなのは知ってたけれど、今回の件はやっぱりやりすぎよ。弥生君の猫耳が二条さんと生活する事で消えるなら、なにはともあれその状況を認めて静観すべきだったのよ」

「ああ……」

「ご家族の総意としては『弥生の猫耳を消すこと』が先決なんでしょう？　門脇本家のお爺さまも心配してらしたし。早く弥生君を二条さんのお家《うち》に戻して『許嫁ごっこ』を再開するのよ」

有美の提案が、猫耳を消すのには一番手っ取り早い案だ。しかし誠司は何故か渋る。

「それと有美にも黙っていたんだが……実は気になる事がある。弥生に猫の耳が生えたと、噂になっているらしい。それもあって、二条が信用できなくて、引き離したんだ」

「なにそれ、二条さんが噂の出所な訳がないでしょう？　向こうだって、デメリットしかないじゃない。誠司さんてば、弥生君が絡むと感情的になるのどうにかしなさい。それと噂なんて勝手に言わせておけばいいのよ。実際、マスコミも相手をしてないし」

――やっぱり。

兄は博次が何かの拍子に、弥生の猫耳について喋《しゃべ》ったのだと思い込んであんな強行策に出たのだ。しかし冷静に考えれば有美の言うとおりで、そんな噂を流したところで誰も得はしない。

マンションに押しかけてきたストーカーの女性は、弥生の猫耳を『よくできたカチューシャ』だと思っていた。

――女の人達は、僕と博次さんの関係を疑ったけど猫耳はあんまり気にしてなかった。でも、あの人だけは違う。

偶然出会った、山中という男を思い出す。彼は弥生の猫耳を触って『生えている』と確かめた唯一の第三者だ。

どうして今更、誰も信じない噂を流しているのか理解できないが、山中のことだからなにか考えがあるのだろう。

――僕は何を言われてもいいけど、博次さんと家族に迷惑はかけられない。

相手の意図が分からないので、博次の所へ戻るのも兄の元に留まるとしても不安は残る。できるなら祠の修復が終わるまで、家族にも知られないような場所に身を隠せればいいが、そんな財力は弥生にはない。

「――謝りに行ってくる」

「あなたの素直な性格は好きよ。けど今度からはもう少し、思慮深く行動してね。特に弥生君絡みは要注意」

「……はい」

「じゃあ、弥生君も支度《したく》して。とりあえず、今後どうするか一条さんと話し合ってきなさい」

「僕も行くんですか？」

「当たり前でしょ。私から連絡を入れておくから、二人は支度ができ次第行って頂戴《ちょうだい》。アポイント取ったら、メールするから」

とても逆らえる雰囲気ではないので、弥生は兄と共に頷くしかなかった。


弥生の兄である佐上誠司から直接連絡があったのは三日ほど前の事だ。長男は海外で大きな事業を任されていると知っていたから、来るとすれば国内にいる次男だと、博次はある意味覚悟はしていた。

これまでは弥生の両親が本家に泊まり込んでおり、彼の猫耳と自分のストーカー被害への利害の一致という要素が重なって同居を続けてきたが、最後の問題として残っていた猫耳が消えてしまった今、親族が『弥生を返せ』と詰め寄ってきたら断る理由はない。

せめて弥生と話をしたかったが、完全に『母親と博次が結託して、弥生を閉じ込めた』と誤解している誠司に何を言っても聞き入れて貰えなかった。

あれから毎日、誠司に話だけでもと掛け合っているが怒鳴られるだけでとても話し合いどころではないのが現状だ。

せめて弥生の声を聞きたいけれど、スマートフォンも監視されているのか全く連絡が付かない。

――二人の兄が相当なブラコンと聞いていたが、ここまでとは……。

その日も、弥生のいない部屋へ戻ると気分が沈むので残業していた所に久しぶりに門脇家から連絡が来たと秘書課から報告が入った。呪いの件でなにか進展があったのかと思い電話を替わってみれば、同じ門脇でも誠司の婚約者である有美が出て驚いた。そして弥生を連れ出した事への謝罪と、急だが弥生と誠司に会って貰えないだろうかと打診され、躊躇《ちゅうちょ》せず頷いた。

暫くすると、受付で待っていた秘書に案内されて二人が社長室に入ってくる。

憔悴《しょうすい》しきった様子の誠司の横には、消えたはずの猫耳の生えた弥生が居心地悪そうに立っていた。

「弥生、その猫耳は……」

思わず声をかけると、弥生がはっとした様子で博次を見つめる。すると瞬く間に、確かに存在したはずの猫耳が霞《かすみ》のように消えてしまった。

全てを見ていた誠司はがっくりと肩を落として、博次に頭を下げた。

「申し訳なかった。猫耳の事は疑っていた訳じゃないが、そちらとの婚約で消えるというのは、正直何かの偶然だと思っていた」

「頭を上げて下さい――」

非礼を詫びる誠司を宥《なだ》めるが、どういう訳か顔を上げた誠司は眉間《みけん》に皺《しわ》を寄せている。仕事関係のパーティーで何度か顔を合わせたことはあったが、こうして話すのは初めてだ。

正直な印象は『弥生と全く正反対』である。

がっしりとした体格で、顔もいかつい誠司は一見格闘家と言われても信じてしまいそうな雰囲気だ。そんな男から睨《にら》まれれば大抵の相手は怯《ひる》むだろう。今にも掴みかかりそうな誠司が、唸《うな》るような声で怒りの理由を話し出す。

「しかし猫耳が生えたなんて噂を流された事とは、話が別だ。弥生の人生をどう償うつもりでいる」

「それは、動くカチューシャだという事になっている筈では」

「こちらが聞いたのは、薬だかなんだかで生やしたという内容だ。佐上の末弟は実験に使われたなんて、悪意しかない噂さえある」

猫耳の件は、内密の筈だ。確かに博次のマンションを訪れた女性に弥生の猫耳は見られているけれど、基本的に彼女達は『同性を婚約者にした』という点に驚いていた。それに猫耳が生えていると認識した女性はおらず、後で『あれは試作品のオモチャ』だとさりげなく説明もしてある。

――まさか、山中か……。

あの男なら意味もなく悪意のある噂をでっち上げ、それとなくパーティーで広めるのはお手の物だろう。聞いた相手が信じるかはともかく、佐上家にはダメージが残る。それは間接的に、『一緒にいた』という紛れもない事実のある二条にも嫌がらせとなる。

だが今そんな説明をしても意味はない。実際問題として、誠司の耳には誹謗《ひぼう》中傷するような内容が届いているのだ。博次は弥生を見るが、どうしてか俯いてしまい表情が分からない。

「今私がお約束できるのは、私が生涯をかけて守るという事だけです」

「また婚約遊びでもするのか」

「いいえ。正式に、弥生君を私の伴侶として迎えます」

「はあ？」

突拍子もない申し出に、誠司がぽかんと口を開ける。そして次の瞬間、顔を真っ赤にして博次を怒鳴りつけた。

「ふざけるのもいい加減にしろ！」

「ふざけてなどいません。私は本気で、弥生君の事を愛しています」

「どこまで信じろと？　君は二条家の跡取りだ、私と違って既に実権も握っている。それがどういう意味か分かるだろう」

「ええ」

「もし仮に弥生との恋愛を佐上家が認めても、君の親族が許しはしないのは分かりきっている。まさかとは思うが、愛人として扱うつもりか」

疑われるのは承知の上だ。しかし博次は首を横に振る。

「私は本気です。何を言われようと、弥生を私の妻として認めさせます。それでも弥生に危害が及ぶようなことがあれば、私は家を出る覚悟もあります」

暫く無言で睨み付けていた誠司だが、逸《そ》らされない視線に覚悟を感じたのか深く溜息を吐く。

「そう簡単に出られる筈もないだろうが……言い分は分かった。君の考えは兄貴には俺から説明しておく」

「ありがとうございます」

「礼を言われても困る。まずは弥生にかけられた呪いを、どうするかが問題だ。これに関してこちらは、二条家や門脇家の人脈を頼るほかはない。身内の恥だが、親は倒れた親族の対応などで殆ど動けない。会社の方はどうにか回しているが、そろそろ父に戻って貰う必要がある」

内容が内容なので、そう簡単に第三者の力を借りることが難しいのは博次も理解している。

「私も信頼できる学者や、門脇老が私的に親しい研究者に頼んで佐上家の蔵から出てきた古文書を解読して貰っている最中です」

隠す必要もないので、博次はできるだけ冷静にこれまで分かっている事を全て誠司に伝えた。やはり親族間でも情報伝達がままならなかったようで、聞く話の大半が初耳のようだ。研究者達の中には、そもそも呪いなどあるのかと懐疑的になっている者もいる事。そして悪意のある噂とは別に、特殊なウイルスも疑われている事も包み隠さず話した。

しかしウイルス説は、一緒に生活していた二条の体に何も異変がない事から、除外はされている。

「なので今は、門脇老の指示で佐上家の先祖が治めていた一帯の民族史を探っている状況です。非科学的ですが、私としても弥生の猫耳や、祠を壊した事でそちらの親族が倒れたのはウイルスとは関係がないと思っています」

「確かに、うちは代々猫を祀っていた商家だと子供の頃から聞かされていた。倒れた伯父がそういった事が嫌いな性分で、お供《そな》えなんかは最低限のものしかしていなかったらしいからな」

体を悪くしてから、弥生の父と立場を交代した伯父は、安定した隠居生活を送る代わりに、本家の細々したしきたりの管理を任されていたと誠司が話す。しかし仕事で忙しくしていた他の親族は、本当にそれらが執り行われているか確かめる術《すべ》はなかったようだ。

「まずは、猫耳を消すことだな。それが落ち着いたら二条さんと弥生の……婚約話を詰めるということでどうだ」

「私も同意です。このままでは彼の生活に支障が出る」

話を聞けば聞くほど、自分にできることはないのだと気付いたらしく、誠司が黙り込む。

また何か怒鳴られるのかと思ったが、意外な事に誠司は人目も憚《はばか》らず泣き出した。

「弥生。今夜は一旦戻ろう……そのな、急にこんな話になって。正直お前を残して帰りたくない。太一郎兄さんだって、お前がお嫁に行くなんて知ったらどうなるか……」

「誠司兄さん、しっかりしてよ」

「あの、誠司さんもこちらへ戻ったのは久しぶりだと伺《うかが》ってます。暫くは弥生と一緒に過ごしたらどうでしょうか」

「君には失礼をしておいて、すまない。弥生の事を、真剣に考えてくれているのも分かる……だが、俺の前で弟を呼び捨てにするな！」

まだ何か言いたげな誠司にハンカチを渡し、やっと弥生が博次に向き直る。

「誠司兄さん、僕と……二条さんの二人で話をさせてもらえませんか？」

弥生の態度に違和感を覚えたが、兄の前だからだろうと考える。しかし誠司が部屋を出ても、弥生はどこかよそよそしく視線すら合わせようとしない。

「今回の事は、私にも非がある。初めから事情を知るご両親はともかく、断片的なことしか知らされていないお兄さんにしてみれば、私を信用できないのも無理はない」

口では納得したといっても、大切な弟を身一つで預けるなどしたくなかったに違いない。

少し躊躇して、弥生がぽつぽつと話し出す。

「二条さんと離れて、分かったことがあります。僕は祠が元に戻るまでの間は、ずっと二条さんと関係を持たないと猫耳は消えない」

「私も同意見だ。しかしなにか問題があるのかい」

「誠司兄さんは、二条さんとの同居に賛成してくれました。でも僕はもう、二条さんにこれ以上迷惑をかけたくないんです」

「その、私が結婚を急かしたのがいけなかったのか」

「違います。そうじゃないんです」

最初の約束と違ってしまうからと、弥生は思いもかけないことを口にした。

実際、二条の方はストーカー女性からのアプローチがなくなったので、解決策のない弥生に付き合う必要はない。引き留めているのは、自分が弥生を大切に思っているからだ。

けれど弥生は身を引くことを決めていたのか、頑《かたく》なに首を横に振る。

「君が猫になっても側にいて欲しい。ずっと君と二人で暮らしたいんだ」

「駄目ですよ。さっき誠司兄さんも言ってたでしょう。二条さんはグループのトップとして、ちゃんとした家柄の人と結婚して……跡継ぎを作らないと」

「それは君の本心なのか？」

「こんな僕が側にいたら、二条さんの立場は悪くなります。僕は佐上の三男で、家自体は兄さん達が守ってくれる。でも二条家の跡取りはあなただけなんですよ！」

叫ぶように言って、弥生が両手を握りしめる。言いたいことはもっとたくさんあるのだろうと察したが、必死に何かを堪えている弥生を前にして博次は言葉を失う。

「これまでありがとうございました。僕、博次さんの事忘れるから。博次さんも僕の事を忘れて」

「弥生」

「名前で呼ばないって決めてたのに、駄目だなあ」

ぽつりと呟いた瞬間、弥生の目尻から大粒の涙が一粒落ちる。

「しかし、その耳はどうするつもりだい。側にいて消えるのなら、馬鹿げた噂を否定する理由にもなる。君が私と婚約者として付き合いたくないというのであれば、何もしない。だから……」

「……猫耳は祠を元通りにすれば、きっと消えます。だから気にしないで」

もう一緒にいるつもりはないのだと、頑なな弥生の態度に博次は折れた。

「分かった。けれど少しでも体調が悪くなったら、すぐ私に連絡をすると約束して欲しい」

「はい」

頷いて部屋を出て行く弥生の背中を見送り、博次は何事かを思案し始めた。

兄のマンションへ戻った弥生は、帰宅するとすぐ自分用に用意された部屋に籠もった。

有美が気遣うように声をかけてくれたけれど、何事もなかったように振る舞える余裕などない。

『体調が悪くなったら連絡するように』と言われて頷いてしまったけど、もう博次と連絡を取るつもりはなかった。

――できればずっと、一緒にいたかったな。

正式に婚約者として迎えたいと言われて、泣いてしまいそうなほど嬉しかった。けれど彼の立場を考えれば、許される事ではない。

兄には少し考えたいことがあると言って、二条の元へすぐには帰らないと車の中で説明した。まだ気持ちの整理が付かない誠司はほっとした様子で、有美には自分から話をしておくと言っていたから任せるつもりだ。

――兄さん怒られそうだけど。僕が話しても言いくるめられちゃうだけだろうし。

どうやって兄が有美を説得するのか興味はあるが、巻き込まれたくないのが本音だ。それに今まさに、リビングからは有美の怒鳴り声が響いている。

いかつい顔をしていても、全く有美には頭が上がらないので今夜は一方的に叱られる事になるだろう。

ベッドに入って毛布を被ると、弥生はすぐ違和感に気が付いた。

――もう耳が生えてる。

毛布と擦れた猫耳がくすぐったくて、弥生は子猫のように頭を振った。

これが有美にバレたら、有無を言わさず博次の元へ連れて行かれるだろう。流石に誠司だって、悠長に反対などしないはずだ。

考えた末に弥生は翌朝、風邪気味《かぜぎみ》と偽って学校を休むことにした。そして誠司が本家の両親の元へ行き、有美が日用品などの買い物をしに出かけたのを見計らって朝食を取る。

しんと静まりかえった部屋に一人でいると、無性に寂しくなる。博次のマンションにいた時も昼間は一人だったのに、そう寂しいとは感じなかった。

――博次さんが帰ってきて、一緒にご飯食べたり猫のＤＶＤ見たりするのが楽しみだったんだよな。

彼が帰宅してから、弥生が発情するまでの時間は穏やかに過ごせていたと思う。博次も会社であった出来事を分かりやすく話したり、勉強を見てくれた。

けれどもう、あんな時間は過ごせない。

ぼんやりとカフェオレを飲んでいた弥生は、テーブルに置いてあったスマートフォンが振動する音で我に返る。きっと兄からだろうと特に確認もせず電話に出た弥生は、声を聞いて息を呑《の》んだ。

『やあ、久しぶりだね』

「どうして、この番号を知ってるんですか」

ねっとりと絡みつくような声は、レストランで出会った山中のものだ。

『なに、調べることは簡単さ。時間がないから、用件を言おう。こちらへ来る気はないか？』

「なんであなたの所へ、行かなきゃならないんですか」

『まだ自分の立場を分かっていないのか。俺の所で、ペットとして暮らさないかと提案しているだけさ』

意味の分からない提案に、弥生は嫌味を言って切ろうとする。

「猫は嫌いなんじゃないですか？　それと、僕の噂を流しているような人は信用できません」

『待ちたまえ。話は最後まで聞くものだよ、弥生君。まずペットの件だが、君は二条には従順な犬のように従っているようじゃないか。だから俺としては、合格だ』

勝手な事を並べ立てる山中に憤るが、相手は勝手に喋り続ける。

『次に噂の事だが、こちらには心当たりはない。それとここからが本題になる、二条の件だ。彼はまだ君を諦めていない。君としては喜ばしい事だろうが、冷静に考えて欲しい。君のような姿の少年が側にいれば、彼も好奇の目に曝される。君の家族もそうなるだろう』

声音から、やはり山中が関わっているのだと確信するが、彼が噂を流したという証拠はない。それに一番の問題は、この猫耳だ。

『そこで取り引きだ。こちらは君の耳が興味深い。少しばかり、実験の材料を提供して欲しいんだ』

「実験材料？」

『大した事じゃないさ。例えば、猫の耳から生えている毛や血液などだ』

なんでそんな物を欲しがるのか、弥生には理解できない。第一、この猫耳は呪いが解ければ消えてしまうものだ。

『代わりに、耳が消えるまでは二条から離れて暮らせる落ち着いた場所を提供する。お兄さんの家にいることは知られているんだろう？　二条が本気で連れ戻しに来たら、君の兄弟やご両親も嫌とは言えないはずだ』

――博次さんは大丈夫だって言ってくれるけど、これ以上迷惑はかけられない。祠が元に戻るまでこの人の所で我慢すればいいだけだ。でも……信用できるんだろうか。

気持ちが揺らぐ。

『こちらとしては、君の実家に融資をしてもいい。二条に迷惑をかけたくないんだろう？全ては君次第だ、弥生君。どうする』

相手の話は、半ば脅しだと弥生でも理解できた。自分が嫌だと言えば、山中は融資関連でも嫌がらせをしてくるつもりでいるのだろう。

「……あなたの所へ行きます。ただし約束は守って下さい」

『君が聞き分けの良いペットで良かった。これから部下を君の所へ向かわせる。必要なものはこちらで用意するから、君は身一つで来ればいい。場所は――』

側にあったメモ用紙に指定された場所を書き込むと、弥生は別の紙に暫く友人の家に滞在すると書き置きをし、兄達に気付かれないようにマンションを出た。


指定された最寄り駅まで来ると、黒塗りの外国車が丁度ロータリーへと入ってくるのが見えた。

メモに書いてあったナンバーを見て、山中の部下が運転する車だと確認し弥生は近づく。

運転手も写真で知っていたのか、弥生を一瞥《いちべつ》すると後部座席のドアを開けた。

事情を知っているのか、暑い日なのにフードを被ったままの弥生へ不躾《ぶしつけ》な視線を向けるでもなく、運転手は無言で車を走らせる。

位置的には博次のマンションとは逆の湾岸地区にある、高層マンション群に向かい中でも特に目立つ棟の駐車場へ入った。

既に山中はエントランスで待っていて、同行してきた運転手に声をかけて帰らせると弥生の肩を抱く。

「ここが今日から、君が生活する部屋だ」

最上階までエレベーターで昇り、廊下の一番奥にある部屋へと通される。

中に入るとファミリータイプによくある間取りだと分かった。

リビングとキッチンを繋ぐ廊下を通るが、弥生はすぐに違和感を覚える。

ベランダに繋がる部屋だけが、一般的なマンションらしからぬ頑丈な鉄製の扉に付け替えられていたのだ。

「俺が所有している部屋の一つさ。ここはたまに部下が来る程度だから、気兼ねなく過ごしてくれ。無論、私と君の世話をする者だけは毎日来る」

室内は南向きのフローリング敷き。クッションやベッドはあるけれど、テーブルやパソコンなどの家具はない。

バストイレが部屋に備え付けてあるが、これではまるで監禁部屋だ。

「服は脱げ。空調は調節してあるし、毛布もあるから風邪を引く心配はない。食事は日に一度、専属の者が届けに来る」

「どうして服を脱がないといけないんですか」

「何を言っているんだ。君はもう、人じゃないんだぞ」

「でも……」

「先程の電話で、君は納得しただろう。今更嫌だと言われても、急いで設備を整えたからこちらも困る」

当然のように言われて、弥生は自分の意見が間違っているかのように思ってしまう。

「ペットとしての自覚が持てたら、散歩程度の外出は考えよう。まずは主人に服従することを覚えるんだな」

「だって耳が消えるまでの約束ですし、これじゃ監禁ですよ」

「君は主人に尽くすと約束しただろう？　ペットに与える部屋としては、上等な扱いだと思うが違うか？」

山中の目は、弥生を人として見ていない。

精々、人の言葉を話す『なにか』という感じだ。

「新しい事業で、金が必要なんだよ。君のような者はどこの研究機関でも引く手あまただ。血液でも臓器でも高く売れる」

「僕を殺すつもりですか」

青ざめた弥生を見て、山中は肩を竦《すく》めた。

「まさか。貴重な生きた検体を殺したら意味がないだろう。まずは毛や血液の採取をして、その猫の耳を生やしたウイルスを特定する。増殖過程が分かれば、猫に変わる時期も調整できるだろう」

「待って下さい！　これ、僕の親戚が祠を壊した呪いで生えているだけなんです。祠を戻してお祓いすれば、消えるかもって……」

「呪い？　下らない嘘をついて逃げようとしても無駄だぞ」

「本当なんです！　僕の電話番号を調べられるなら、実家のことも分かるでしょう？」

「うるさいペットだな。今の時代に呪いなんてあるわけがないだろう。ともかく、君は今日から俺のペットとして生きるんだ」

弥生の猫耳は珍しい病気と決めてかかっているのか、山中は鼻で笑う。しかしこんな所に監禁されて、実験材料として扱われるとなれば、家族だって黙っていない。

二条家ほどではないが、佐上家も国内では名の知れた会社を経営している。警察や弁護士にも、それなりに顔は利くのだ。

「僕がいなくなったって分かったら、父さんや兄さん達が探します。あなただって、捕まりたくないでしょう」

「今更何を言っているんだ。こんな体じゃ、家にも戻れないだろう。佐上の次男は門脇家の女と婚約中だと聞いてるぞ。破談にしたくなければ、君は『いなかったこと』にされた方がいいんじゃないか？」

にやりと山中が歪《ゆが》んだ笑みを浮かべた。

「門脇家だって、本心じゃこんな気持ちの悪い親族がいるのは外聞が悪いだろう。万が一、その耳が消えても生えていた証拠は画像として残してある。室内には監視カメラが設置してあって、入ったときから録画されている」

「え……なにっ」

いきなりフードを引きずり下ろされ、弥生の猫耳が露になった。

「君にはいずれ猫と番《つが》わせて、子を産ませる。その毛色は三毛だから、雌としての生殖能力もあるかも知れないな。どちらにしろ、実験材料としては最高だ。飼うなら犬と決めていたが、一応君は特別に俺のペットとして認めてやる」

言うと山中は、ポケットから鈴の付いた赤い首輪を出して弥生に無理矢理握らせる。

「猫用の首輪だ。服を脱いだらそれを付けて四つん這いになれ。恨むなら、俺から婚約者を奪っておいて、知らない振りをしている二条を恨むんだな」

——博次さんがこの人の婚約者を？

「彼女は純粋で、一途な性格の女性だった。家まで押しかけるほどに二条が好きだと言うから泣く泣く諦めたのに、あの男は弁護士まで雇って接近禁止の約束までさせたと聞いている。最低な人間だ」

忌々《いまいま》しげに言う山中の言葉に、ストーキングをしていた女性の一人が彼の恋人だったのだろうと弥生は察した。

博次はできるだけ穏便に済ませようと尽力していたが、しつこい女性のうちの一人が婚約者だと思い込んだ挙げ句に会社のロビーで暴れ、仕方なく警察を呼んだと話していたのを思い出す。

――似たもの同士だったんだ。

「あんな男に飼われていた事を、後悔するんだな」

執着の仕方が明らかにおかしいが、とても反論できる雰囲気ではない。それに逆らったところで、この状況から逃げ出すのは難しい。

――とりあえず油断させておいて。この人の部下が来たら、事情を話して出して貰おう。少なくとも、山中でなければ弥生の訴えに耳を傾けてくれる人はいるはずだ。それにいくら上司でも、人を監禁していると知ったら通報するに決まっている。

弥生は命じられた通りに服を脱ぎ、全裸になると赤い首輪を付けた。

恥ずかしさより怒りがこみ上げるけれど、唇を噛んで耐える。

「そういえば、君は面白い特徴があると聞いているが本当か確かめてみよう」

命令に従った弥生を満足そうに眺めた後、山中はスマートフォンを出して画面を操作する。

すると部屋の隅から、猫の鳴き声が響く。

「雌猫の発情期の声だ」

「ひゃんっ」

全く予想していなかった弥生は、完全に無防備な状態で一気に発情状態に陥る。体を抱えて蹲《うずくま》る弥生に山中が手を伸ばし、首筋を摑む。すると自然に腰が上がり、交尾の姿勢を取ってしまう。

――博次さんとしてなかったから……お腹、熱くておかしくなる……。

「あ、あっ」

無意識に腰を振り雄を誘う弥生に対して、山中は冷ややかな声で問いかける。

「やはり雌の性質が強いようだな。射精はできるのか？」

弥生が黙ると、摑む手に力が籠もり乱暴に揺さぶる。まるで雄に犯されているような錯覚を覚え、弥生は悲鳴を上げて身を捩った。

「立場が分かっていないようだな。君の買い主は俺だ。主人の命令を聞かないのなら、罰を与えるぞ」

「……射精、できます」

嗚咽混じりの声で答えると、首を摑んでいた手が離れる。ほっと息を吐いたが、一度発情した体はすぐに収まらない。

勃起《ぼっき》した自身を隠すように体を丸めた弥生を眺め、満足そうに頷く。

「これは面白い。三毛の雄は珍しいんだ、精液も高値で売れるぞ」

「や、嫌あ……っ」

「君のために、色々とオモチャを用意しておいて正解だったな。この部屋は防音にしてあるから、好きなだけよがって自慰をしていいぞ」

窓際のクローゼットが開けられ、中からペットのオモチャを入れておくような可愛らしい箱を取り出す。

しかし入れられていたのはバイブやローターなどの卑猥な玩具ばかりだ。

山中はその中から、特にいやらしい形をしたディルドとローションを手に取り弥生の前に放る。

「自分で挿れてみろ。残念だが、俺はペットとセックスする趣味はない」

「嫌、です」

こんな男の前で、自慰なんてできるわけがない。疼きは激しくなる一方だが、弥生は首を横に振る。

「拒否しても別に構わないが、発情したままだと完全に猫に変わるんじゃないのか？　試してみようか」

「え……」

「近いうちに相手を探してやろう。それとも、猫に変わってしまう前に、適当な男と交尾させて人猫ができるか試してもいいな」

弥生は仕方なく、山中の見ている前で自慰の準備を始めた。ローションのボトルを開け、自らの手で後孔に液体を流し込む。

これから惨めで恥ずかしい姿を、こんな卑劣な男に曝すのだと思うと悔しくて涙が出て来る。

「さっさとしろ」

せめて声を出さないようにと、歯を食いしばり弥生は四つん這いになるとディルドの先端を後孔に押し当てる。

「う……っ」

挿入を躊躇《ためら》ったのは一瞬で、弥生の体はすぐに雄を模した玩具を銜え込んでしまう。

「問題なさそうだな。射精がしたくなったらこのケースに出して、すぐに保冷器に入れるんだぞ。まだ頭は人間なんだから、それくらいできるだろう」

「……はい」

「行き場のないお前を飼ってやるんだ。自分の食事代くらいは稼《かせ》げよ」

ペット以下の扱いに、弥生は山中を睨み付けた。僅かに山中は怯んだものの、すぐ手元のスマートフォンを操作する。

するとと壁に設置されたスピーカーから、先程聞いた雌猫の声が大音量で響く。

「ぁ……やっ」

「発情した声は、なかなか可愛いじゃないか。俺は優しい買い主だからな、ペットを苦しませるつもりはない」

ボタンを操作すると、再び音が止まる。

「なに、したんですか」

「ランダムに設定しただけさ。スリルがあっていいだろう」

いつ音が出るか、流れる時間も分からない。

「一分で終わるかも知れないし、一日流れるかも知れない。これで君を一人にしても、退屈はしないだろう」

「そんな、酷い」

「食事と水は部下に用意させる。人間用の食事だから安心しろ。ただし部屋を汚したり、無闇に歩き回った場合は罰を与える。分かったなら鳴け」

こんな命令に従いたくなかったが、山中が見透かしたように手元のスマートフォンを操作した。すると再び、発情期の鳴き声が部屋に響く。

「や、鳴くから……許して……にゃあ、にゃぁ……」

「本当に鳴き真似をするとはな。佐上家の子息も随分と低俗だ」

命令しておきながら蔑む山中に、弥生は真っ赤になる。

惨めな扱いに涙が零れるが、山中は冷ややかに見下ろすだけだ。

「こんな姿を二条が見たらどう思うだろうな。生真面目な男だから、ペットを手放した自分を責めるだろう。全くバカだ」

「博次さんは、悪くありません！」

「立場を弁《わきま》えろ。それともあの鳴き声を聞き続けたいのか？」

数秒間聞いただけでも下腹部が熱くて堪らなくなったのに、これから先ずっと流されでもしたらおかしくなってしまう。

「自慰は好きなだけして構わないが、売り物の精液は零すなよ。大人しくしていれば、君の生活は保証しよう、家族にはこちらから上手く話を付ける」

しかし両親と兄が、弥生の失踪を黙って受け入れるとは思えない。それは山中も想定済みなのか、弥生の前に屈《かが》むと意地の悪い笑みを浮かべる。

「佐上家のスキャンダルになりたくないだろう？　君さえ『自分の意志で家を出た』と証言してくれれば、全て丸く収まる」

明らかな強制だが、断ることはできない。

事情を知る門脇家が、弥生の猫耳を引き合いに出して誠司の婚約を破棄するとは思えないけれど、このまま耳が消えなければ問題視する親族も出て来るだろう。

——僕が我慢すれば……。

祠を元に戻して猫を祀れば、猫耳はすぐにでも消えるかも知れない。

それまでの我慢だと、弥生は自分に言い聞かせる。


その夜から、弥生の監禁生活が始まった。山中が出て行ってから、弥生は逃げられる場所がないか探してみたけれど、ドアだけでなくベランダに繋がる窓も固定され開かなかった。

室内は暖かく、裸でも過ごす事はできるけれど身を隠すカーテンも外されているので心《こころ》許《もと》ない。


何より弥生を苦しめたのは、ランダムに流される雌猫の声だ。

眠っていても鳴き声が流れた瞬間に体が勝手に発情して淫らな衝動に苛《さいな》まれる。我慢できたのは初めの数回だけで、後は気が付けば与えられたオモチャで自慰をしていた。

全て撮影されていると分かっていても、弥生は弱い後孔を積極的に弄り射精を繰り返す。

毎朝、山中の部下が来て、一日分の食事と水を置いていく際に、精液を回収するのを見るのも苦痛だ。

恥ずかしさを堪えて弥生は世話係と話をしようとしたけれど、彼等は山中から命じられているのか声をかけても無視されるだけだ。

ただ弥生をこんな酷い状態で監禁している事に疑問や罪悪感はあるのか、時折不安げな視線を向けてくる。しかしそれ以上の行動を起こす者はいない。

次第に弥生の体は発情している時間が長くなり、消えていた犬歯や尾も生えたままになっている。

――たすけて……。博次さん……。

このまま本当の猫になってしまうのかと怯えながら、弥生は淫らな欲求に飲み込まれていった。

弥生の兄から二条のオフィスへ電話が入り弥生の失踪が知らされたのは、二人が謝罪に来てから数日後の事だった。

お互いに弥生の猫耳に関して心配している事は分かったので、これからどうしていくのが最適か、改めて話し合いの場を作ろうと協議していた最中のことだ。

取り急ぎ、家族への対応は誠司とその婚約者に任せ、博次は弥生を探すと役割分担を決める。

人脈に鑑《かんが》みれば、二条の名を出して博次が直属の部下を動かした方が早いからだ。

――大体の予想はついている。

相手は山中悟だと、確信がある。

少し前にレストランで偶然顔を合わせた際に、弥生に対して異様な興味を示していた。それ以前からも何かと突っかかってくる男だが、個人的な関わりは殆どないのでこれまでは適当にあしらってきた。

早速、部下に指示を出して山中の動向を探らせると、隠すつもりもないのか弥生を監禁しているマンションが特定されたと情報が入った。

直接連絡を取るとまるで向こうも予想していたかのように、『場所が分かっているなら来い。話くらいはさせてやる』などと挑発的な言葉を返してくる。

電話越しに言い争っても埒《らち》が明かないので、博次はその日の予定を全てキャンセルし弥生が監禁されているマンションへと向かった。

ロビーで待っていた山中の部下に案内され、上層階の部屋に入ると、まるで商談でもするかのような笑みを浮かべて山中が片手を差し出す。

「こうして会うのは初めてだな。改めて挨拶をする必要もないだろうが、一応は形式だ。よろしく頼むよ二条君」

「ご託《たく》はいい。早く弥生を返せ」

「彼は自分で俺の所へ来たんだ。それに彼とは商談が成立しているから、返せと言われてもなあ……」

「どういう意味だ」

「彼の状態は、君が誰よりよく知っているだろう。君が協力してくれるなら、利益の何パーセントかはそちらに渡しても構わない」

言われている意味が分からないが、ともかく姿の見えない弥生が心配だ。

焦る博次の様子が面白いのか、山中は堪えきれないと言った様子で吹き出す。

「あの二条の子息が、奇妙なウイルスに感染している子供に振り回されているなんて滑稽だな。女どもに見せたら、さぞ幻滅するだろうな」

「ウイルス？　何か勘違いをしていないか？」

「勘違いをしているのはどっちなのか、いずれ分かるさ。ああ、話をさせてやる約束だったな。しかし君のペットは色狂い寸前だから、会話が成立しなくても恨まないでくれよ」

優位に立っていることが嬉しいのか、山中がべらべらと喋りながら奥の扉まで案内すると鍵を開ける。

「前のご主人様が、様子を見に来てくれたぞ。私はリビングで待っているから、話し合ってくれ。ああ、交尾はしないでくれよ。発情状態を持続させている最中なんだ」

「弥生っ」

明らかに自慰を終えた直後と分かる弥生の姿に、博次は我を忘れて駆け寄る。その背後で嘲笑《あざわら》う山中の声とドアが閉まる音が聞こえたが気にもならない。

「……みない、で……」

フローリングの床には男性器を模した玩具とローションを入れたボトル、そして精液の飛沫《しぶき》が散っている。

天井付近に設置されたスピーカーからは、猫の鳴き声が断続的に流されており、博次は弥生が置かれていた境遇を察した。

自分でも制御の利かない体を必死に隠そうとする弥生を、博次は構わず抱きしめる。

「遅くなって済まなかった。辛かっただろう」

「博次さん……服、汚れちゃうよ」

「そんな事は気にしなくていい」

涙と唾液《だえき》で濡《ぬ》れた顔を、博次がハンカチで優しく拭う。かなり長い時間、自慰を続けていたと推測できる弥生は酷い有様だ。

——こんなぼろぼろになって、苦しかっただろう。

室内には弥生以外の人物がいた形跡がないから、人の手による乱暴はなかったのだろう。だからといって、安堵《あんど》できる訳ではない。

「博次さん、お願いがあるんだ。父さんの会社に、融資して下さい。誠司兄さんが、損害出したのを、山中さんが補塡《ほてん》したって聞きました。でも……信じられないから。それと、僕の戸籍も外せないかな？　これ以上、みんなに迷惑かけたくない」

思ってもみなかった弥生の言葉に、博次は困惑する。

言葉をなくした博次を見て、何か思うところがあったのか弥生が必死に縋《すが》り付いてくる。

「お願いします。僕の精液とか、色々売れば利益が出るって山中さんが言ってました。博次さんもこのプロジェクトに参加するなら、利益をいくらか渡すって……僕、何でもするから、母さんや兄さん達にはなにもしないで……」

「弥生。君の実家の経営は問題ないと聞いている、何かあれば自分が融資する。誠司君が業績の件を口にしたのは、佐上全体の事じゃない。たまたまあの時、彼が中心で動かしていたプロジェクトがストップしていたのは事実だが。今は問題ない」

「じゃあ兄さんは……」

「弱気になっていたんだろう。大切な弟が苦しんでいるのに、ほぼ蚊帳《かや》の外《そと》だったようだからね。今は実家の件で動けない社長の代理も務めているよ」

ほっとしたのか、弥生の体から力が抜けるのが分かる。強引な発情状態を強制されていたのだから、心身共に疲れ切ってしまうのは仕方ない。

できるならすぐにでも病院へ連れて行きたいが、猫耳のある状態では無理だ。

「そろそろいいかな？　おや、よくそんな汚れたペットを触れるもんだ」

無粋な声と共に、扉が開いて山中が入って来る。

素早く上着を脱ぎ、裸の弥生を山中の視線から守るようにそっと包む。

「この子を返してもらう。私は弥生を愛している」

「だからなんだ。これはもう、俺の所有物なんだぞ。それにこのことが公《おおやけ》になって困るのは、二条の方じゃないのか？」

嫌らしい笑みを浮かべて、山中が続ける。

「猫の呪いだなんて聞いたけれど、今の世の中にそんな物があるわけない。新種のウイルスか何かを使って、細胞増殖でもさせたんだろう？　つまり非合法の実験だ。こんなことが世間に広まれば、二条グループの名は地に落ちる……」

腕の中で、弥生がびくりと身を竦ませる。

確かに、呪いなど信じない人からすれば、尤もな論理だ。

「黙れ」

「俺だって馬鹿じゃない。こんな面白い実験体をマスコミに売ったところで大した金にはならないからな。うちは海外の研究機関にもコネがある。そっちに売れば相当な金になる。そこで提案だが、二条グループも参加しないか？　ノウハウはそちらの方が……」

「黙れ！」

最後まで言わせず、博次は山中を怒鳴りつけた。

「妻を売るわけがないだろう！」

「はあ？　こんな気味の悪いガキが妻？　さんざん追っかけ回した挙げ句、振られた女どもが幻滅するだろうな」

「誰が私をどう思おうと、関係のない事だ」

「しかしいいのか？　この猫耳を見た女は何人もいる。証言だって取れるんだぞ」

「それは、脅しか？」

山中の言うとおり、マンションに押しかけてきた女性達は全員猫耳の生えた弥生を目撃しているのだ。精巧なオモチャだと誤魔化したが、証言などいくらでも捏造《ねつぞう》されてしまうだろう。

「下らない噂ほど、庶民は好むものだ。真偽はどうあれ、佐上家は好奇の目に曝される。そうなれば婚約している門脇家の親族もとばっちりを食うだろうな」

「弥生も佐上家も。私が守る。それに門脇が噂程度で揺らぐと思うか？」

一瞬、山中が怯む。

「これまでも下らない噂で、私を陥れようとした輩《やから》は数え切れないほどいた。君程度の嫌がらせなど、慣れている。だが弥生を標的にしたとなれば話は別だ。手加減はしない」

「いや、その。これはあくまでビジネスの話だ。君もこんな気持ちの悪い少年と関わりを持って、正直嫌になっているんじゃないのか？」

腕の中で、弥生が身を竦ませるのが分かった。

――これ以上、下らない遣り取りを聞かせるのは良くない。

「これまで私情で会社を潰したりしなかったが、妻を守るためなら手段は選ばない」

「つま……」

「そうだよ。弥生と私はお見合いをして、正式な婚約者になった。まだ式は挙げていないけれど、同棲も問題ないし私としては事実婚状態だと考えていたんだが違ったかな？」

ぽかんとした後、弥生が再びその大きな瞳からぼろぼろと涙を零す。

「……ありがと、ございます。でも……側にいたら、迷惑になる……今の言葉だけで、僕は生きていけるから……」

「彼の言うとおりだ。大人しくしていれば、彼の生活は保証するし、家族にも手を出さないと約束してある。二条君がこれを手放すか、ビジネスと割り切って接するか。選択肢は二つだ」

にやりと意味ありげに笑う山中を見て、まだ隠していることがあると気付く。

「有利なのはそちらなのだから、今更手の内を隠す事もないだろう。全て話せ」

「折角ガキのプライドを守ってやったのに、本当にデリカシーがないなあ。おい、これまで躾けてやったことを教えてやれ。黙ってるなら、猫の鳴き声を流すぞ」

「言うから、それだけはやめて下さい」

真《ま》っ青《さお》になった弥生が、悲鳴のような声で懇願した。

「弥生、言いたくないなら……」

遮ろうとしたが、怯えきった弥生の耳には届いていない。

「僕、自慰をしているところを……録画、されて……精液も、全部保管されてます。僕は実験道具なんです……」

恐らく実家のことを盾にされただけでなく、少しでも反抗的な態度を見せれば強制的に発情させせられていたのだ。

どれだけ屈辱的な命令でも、一度発情したら弥生は逆らえない。それを知っていて、山中は弥生を嬲《なぶ》り弄《もてあそ》んだのだ。

「彼に関する動画は今ここで廃棄しろ」

「俺が素直に従うと思うのか？　切り札はこちらにあるんだ、ものを頼む態度ってもんがあるだろう」

「そちらがそう出るのなら、私にも考えがある」

博次はポケットからスマートフォンを出し、通話状態にする。

「私だ。顧問弁護士と重役の召集をかけろ。山中悟の持つ株と、彼に関連のある企業を全て買え。これは命令だ」

「なにを……いくら君でも、会議にもかけずそんな事を強行すれば一族内で反発されるんじゃないのか」

正式に二条グループを継いだとはいえ、博次はまだ若輩だ。表向きは波風は立たなくても、内心は面白くない親族がいることくらい知っている。

だからこれまでは、できる限り先代から支えてくれた社員の顔を立て、親族びいきやまして私利私欲で動くような事は控えてきたのだ。

しかし、今回ばかりは周囲の思惑などどうでも良かった。

「これは脅しじゃない。弥生を渡さないのなら、本気で潰す。幸い私にも、信頼できる部下が多くいる。お前程度の小物を私的な感情で潰したところで、大した問題にはならない」

不利を悟ったのか、それまで余裕の態度を見せていた山中の額に、汗が浮かぶ。

「こんなガキに本気になるのか？　考え直せ、これは世界的に見ても素晴らしいチャンスなんだぞ」

「改めて言うが、弥生は私の妻だ。妻を売る夫がどこにいる。公私混同はしたくなかったが、そちらが卑怯《ひきょう》な真似をするのであれば、こちらもそれなりの対応をするだけだ」

本気だと悟り、山中の顔がいよいよ引きつった。流石に二条家を敵に回しては勝ち目などあるはずもない。

「分かった。こいつから手を引けばいいんだろう！」

「なら今ここで、映像を全て提出しろ、搾取《さくしゅ》した精液もだ。そして、二度と私たちに関わるな」

すると慌てて、山中がキッチンに向かい保冷器に保管されていた精液のパックと映像の記録されたＵＳＢを持ってくる。

博次は玄関に待機させていた秘書を呼び、車へ運ぶように命じると弥生を抱えて部屋を出る。

「もしも映像が流出した場合は、相応の報復があると覚えておけ」

壊れた人形のように首を縦に振る山中を置いて、博次は弥生と共に車へと乗り込んだ。


上着に包まれたまま、弥生は博次のマンションに戻った。個別にエレベーターが付いているので他の住人とすれ違う心配はない。

部屋に入ると、それまでの緊張が急に解けて涙があふれ出す。

「博次さん、下ろして下さい」

「どうして？」

「だって僕……汚い、から」

毎日シャワーを浴びていたけれど、今日は朝から強制的な自慰をさせられていたので全身がべたついている。

それに卑猥なオモチャでよがり射精を続けた自分を、博次にこれ以上触れさせたくなかった。

できれば見ないで欲しいと続けようとしたが、言葉にする前にベッドに下ろされて唇が塞がれる。

労るような優しいキスに、弥生の目尻から涙が零れた。

「弥生は綺麗だよ。だから泣かないで」

「うそっ」

「嘘《うそ》じゃない。むしろもっと早く、君を救えなかった私を叱ってくれて構わないんだ」

「何を言ってるんですか！　博次さんは何も悪くないです」

口車に乗せられて、博次や家族が心配するという当たり前の事を考えず山中の所へ行ってしまった弥生のミスだ。

「もう大丈夫だから。二度と君を離さないし、不安にもさせない」

息が詰まるほど強く抱きしめられて、弥生は堪えきれず声を上げて泣いてしまう。

「っ……怖かった……ずっと博次さんの事、考えてた……他の人と、いやらしい事させるって言われて……猫になったら、実験で……使われるって」

「あの男には、もっと反省して貰う必要があるな」

「うん……でも」

出て来る際に、博次は随分と物騒な宣言をしていた気がする。弥生としてもあんな最低の男に好き勝手されて、泣き寝入りはしたくない。

「……我《わ》が儘《まま》だって分かってますけど、社員の人達まで巻き込むような事はしないであげて下さい」

山中におべっかを使い、持ち上げていた部下もいたが大半は命令されただけだと思う。落ち着いて思い出せば監禁されていた間、食事などを届けていた背広姿の男は時折弥生を心配そうに見ていた。

「君は優しいね」

「そんなことないです。あの人の事、思いきり殴ってやりたいし。こんな首輪まで付けさせられて……」

言いながら、弥生はまだ首に付けたままだった首輪を外してゴミ箱に投げる。鈴がリンと音を立てて、ゴミ箱へ吸い込まれるようにして落ちた。

「あの人、面倒な事は全部部下の人にさせて自分はなにもしてなかった。そんなのも嫌なんです」

「確かに、罰せられるべきは山中一人だね。分かったよ、社員達には被害が行かないように配慮しよう」

ほっと息を吐いた弥生だが、気持ちが落ち着き改めて自分の格好を思い出し赤面する。博次は気にしないと言ってくれたけど、汗と精液で汚れている事に変わりはない。

それに博次には、一番知られたくなかった姿を見られている。

彼が部屋に入って来たとき、弥生は自慰を終えたばかりだった。ローションに塗《まみ》れたバイブが床に転がり、息を荒らげる姿を見れば何をしていたか聞かずとも分かる。

「……幻滅しましたよね」

「どうして？」

「だって、発情したからって……あんな人の前で……録画されてるって、知らされてたのに。何度も……一人でして」

浅ましく玩具で自慰をした。それも後孔を使った行為で、何度も達している。

「発情していたのは仕方のない事だ。下手《へた》に我慢をすれば、体だけでなく精神的にも辛くなるはずだから、君の判断は正しい。それと気になる事がある。尾と犬歯は、いつ頃から生えたか覚えているかい」

「耳は、博次さんの所へ謝りに行って。誠司兄さんのマンションに戻ったらもう生えてました。尾と犬歯は、覚えてません」

「つまり監禁されていた間は、ずっとその姿だったんだね？」

「はい」

耳だけでなく尾や犬歯は、いくら自慰をしても消えることはなかった。難しい顔をして黙り込んだ博次に、弥生も不安になる。

「恐らく、私と離れたことで呪いが強くなったんだと思う。この間会ったときには、すぐに消えただろう?」

「そういえば、そうですね」

博次の顔を見た瞬間、猫耳は消えた。

しかし今は、こうして抱きしめられているにもかかわらず、消える気配さえない。それどころか、弥生の意志で耳や尾が動くと気が付いてしまう。

「どうしよう。感覚も前よりはっきりしてるし、尻尾も動かせる」

このまま本当に猫になってしまうのかと怯える弥生に、博次が静かに告げる。

「君を猫にはさせない」

「どうするんですか? まだ呪いの原因は分からないのに」

「誤魔化しではなく。君を正式に私の妻にする。そうすれば猫耳も消えて、弥生が猫に変わることもない」

確かに古文書の読み解けた部分には、『夫を見つけて、夫婦になれば人に戻る』と書かれていた。だから博次と偽装婚約して生活をして来たのだ。

しかしもう誤魔化せる段階は過ぎてしまっているのだろうと、博次が続ける。

「……無理ですよ。だって、男同士だし」

「確かに日本の法律では、同性婚は無理だ。しかし強く想い合っていると、呪った猫に届けば夫婦だと分かってくれるんじゃないか。相手が私では嫌だと言うのなら、諦めるが」

「そんなことありません。僕は博次さんがいいです。でもそうしたら、猫耳消えちゃいますよ……博次さんの側にいられない。この耳があるから、僕を許嫁にしてくれたんでしょう？」

「素直で、家族想いで。何事にも真面目な君に惹《ひ》かれた」

「ね、猫耳じゃないんですか？」

「それもあった。だが猫耳だけで、こんな大切な事を決めたりはしないよ」

好きだと言ってくれる博次の気持ちは疑っていないけれど、この猫耳を博次が気に入っていることも理解していた。

「私は君が好きなんだ。きっかけは確かに、その猫耳だ。しかしなくなったからといって、嫌う訳がない」

素直に『猫耳がきっかけ』と言ってしまう辺り、博次らしい。

一見、やり手の若社長なのに、少し間の抜けたところも好きだと弥生は改めて思う。

「弥生、最後まで聞いて欲しい。私は見合いの席で、可愛らしい猫耳の生えた君に一目惚《ひとめぼ》れした。けれど今は、君自身を愛している」

「分かりましたから、そんな強く抱きしめないで……苦しいです」

「すまない」

「本当に、僕でもいいんですか」

必死に弥生を口説《くど》く博次を遮り、弥生は問いかける。

「私にはもう、生涯を共にする相手は君しかいない」

熱烈な告白に、弥生は困ったように微笑む。彼は本気で言っていると分かるけれど、いずれは相応の相手と結婚をして二条家の跡継ぎを作らなくてはならない立場だ。

――愛人、になっちゃうけど……博次さんの奥さんが許してくれるならそれもいいか。

佐上家は長男が継ぐことは確定しており、ある意味弥生は一番自由だ。

もしも博次の結婚相手が寛容な人物であれば、表に出ないことを条件に関係を許してくれるかも知れない。

「……分かりました。僕、博次さんに全部あげます」

彼が望むのなら、猫耳が生えたままだって構わない。

言えば悲しむから口にしないけれど、弥生は決意を固める。

――このまま呪いが解けなくて、いつか猫になっちゃったら……博次さんに飼って貰おう。

そっとベッドに横たえられ、弥生は抵抗することなく素直に脚を開く。

最後の自慰を終えてから、一時間程度しか過ぎていないから、まだ後孔にはローションがまとわりついていた。

それに弥生の中心も、久しぶりの博次を感じて兆し始めていた。

「ずっと博次さんとしたかった……」

自分から膝を立てて、赤く充血した秘所を曝す。

卑猥な玩具を何度も受け入れたそこは、物欲しげに収縮を繰り返している。

「僕、すごくいやらしいこと、自分でたくさんしたんです。なのに全然、熱いのが消えなくて」

「弥生、無理に話す事はしなくてもいいんだよ」

けれど弥生は、首を横に振る。監禁されていた間、弥生の後孔を犯したのは玩具だけだ。

「博次さん、僕は聞いて欲しいんです」

それも自ら挿れて、快感を貪った。

博次も弥生が誰かに犯されたとは、思っていないと分かる。そしてたとえ、見知らぬ誰かに犯されていたとしても、博次は弥生を責めたりはしない。

でも弥生は、話さずにはいられなかった。

「オモチャでしてるときも、ずっと博次さんとの……交尾、思い出してた」

尾や耳を撫でられ、弥生は喉《のど》を反らして喘ぐ。

「ん、にゃっ」

山中に弄ばれたせいで、感じ始めると猫のように鳴く癖が付いてしまっていた。

「博次さんの……奥に貰えないとずっと体が熱いままで辛かった。ずっと博次さんの精液が欲しいって考えてて――僕は汚れてるんです」

「君は綺麗だよ、弥生。今の鳴き声も素敵だ」

スラックスを寛げ、博次が勃起した自身を出す。

ずっと求めていた雄が直ぐ側にある。

「あ、博次さん。僕は大丈夫だから、挿れて……っ」

発情した弥生は、自分から腰を上げて彼を誘った。待ち望んでいた熱が入り口に触れただけで、目眩《めまい》がするような快感が全身を駆け巡る。

「弥生」

「う、ぁ……」

腰を掴まれ、雄がゆっくりと挿《はい》ってくる。

解れているのは、博次にも分かっている筈だ。なのに焦《じ》らすような動きで、弥生の内部を征服していく。

「や、早く。意地悪しないで」

「駄目だよ。久しぶりなんだからね」

「でも、んっ」

諭されても、体はもうどうしようもないほど感じている。弥生は我慢できず両足を博次の腰に絡めた。

するとそれを待っていたかのように、抱きしめられる。

「弥生、動かないで。楽にしていなさい」

「うん」

なにをするのか分からなかったけれど、博次がする事なら大丈夫だと信じられる。それにもし、酷い事だとしても、博次にならば何をされても構わない。

彼の首に縋り付き顔を埋めると、背中がふわりと浮き上がった。

「あっあー……っ」

胡座《あぐら》をかいた博次の上に座らされたと頭では理解したが、繋がった部分から生じる強い刺激が頭の中で弾《はじ》けて思考が纏まらない。

自重で雄が、弥生の奥へと飲み込まれていく。これまで経験したことのない位置まで張り出したカリが到達し、弥生は悲鳴も上げられず全身を震わせる。

——いつもより、奥に……きてる。

まるで太い杭《くい》に、串刺しにされたような気持ちになる。

「弥生が欲しがっていた場所に、届いたかな」

「っ、はい……深いの、すきっ。もっと挿れてもへいき」

はっとして口を噤《つぐ》むけれど、はしたないおねだりは聞かれてしまっていた。

「もっと奥？　この辺りかな？」

ぐいと博次が弥生の細い腰を揺する。結合部が密着し、信じられないほど奥まで硬い先端が到達する。

「これ……きもち、いっ」

理性が消え、甘い声を上げる弥生を博次が容赦なく追い詰める。

「ひっあ、いくの……おわらないの……っ」

雄を受け入れているだけなのに、絶頂が止まらない。

ひくひと後孔が震え、弥生は淫らに喘ぎ博次に縋《すが》りつく。

「っと……もっと、して」

逞《たくま》しい雄に突き上げられ、しがみついた博次の背に爪《つめ》を立てる。

「そんなに焦らなくても、弥生が満足するまで離しはしないよ」

与えられていた玩具では届かなかった場所まで抉《えぐ》られ、腰の奥が甘く痺れる。乱暴に責め立てられても、痛みはなく快楽の刺激だけが背筋を這い上っていく。

「っ……あ、いくっ」

はしたない告白を口走った弥生が羞恥で赤面すると、耳元で博次が低い声で囁いた。

「もっと君の声が聞きたいな。イく時や、感じる場所も私に教えて」

「……っ、でもはずか……し。から」

「私が頼んでいるのだから、弥生が恥ずかしがる事はないよ。それに教えてくれたら、もっと悦《よ》くしてあげられるんだが」

わざと焦らすように、動きがゆったりとしたものに変わる。擦られて熱を帯びた部分を避けて、腰を回された。

「やんっ」

尻尾の付け根を撫でられながら突かれると、上り詰めた状態が長引き弥生は甘い悲鳴を上げた。

突かれる度に上り詰め、呼吸を整える時間も与えられない。

自分の放った蜜で濡れた下腹部を博次の指が撫でて、白い液体を口へと運ぶ。

「ひろつぐさんっ」

「甘いね」

放った精液を、目の前で恋人に嘗《な》められるという羞恥プレイに弥生はどうしていいのか分からなくなる。

まだ博次の雄は後孔に嵌《は》められたままで、射精したとしてもすぐには抜かないだろう。

「弥生は私への奉仕なんて考えないでいい。私を感じて、好きなだけ求めていいんだよ」

甘やかす言葉に、弥生は奥を小突かれながら博次を見つめる。

「もっと……いいの？」

「ああ。甘えてごらん弥生」

頬をすり寄せ、尾を彼の腕に絡める。時折博次の鎖骨に歯を立てて、甘く噛んでみたりした。

動物じみた愛情を示す行為を、博次は止めようとはせず好きにさせてくれる。

愛撫をしながら軽い絶頂を繰り返していた弥生だが、次第に物足りなくなってくる。

「博次さん、奥に……っ……下さい」

腰が震える。

たっぷりと解された後孔は、彼の精液を欲していた。

「そうだね、そろそろ……いいかな」

ぐいと引き寄せられ、下からの突き上げが激しさを増す。

目の前がちかちかとして、下半身に意識が集中していく。

肉襞で雄を締め付けながら、弥生は甘ったるい悲鳴を上げた。

「ひっあ、やんっ……あっ」

喉を反らし、弥生がびくりと震えた瞬間、待ち望んでいた熱が最奥に放たれた。それは熱く、ねっとりとした奔流で弥生の体を隅々まで犯していく。

――博次さんの、いっぱい。

痙攣が止まらない。

体は満たされたけれど、心はまだ博次を求めている。恐らく意識がなくなるまで、いやな

くなっても後孔は彼を締め付けて離さないだろう。

「私だけの、可愛い弥生。もっと恥ずかしい姿を見せてごらん」

呼吸を妨げないように、啄《ついば》むだけのキスが繰り返される。その口づけに応えながら、弥生は突き上げられる度に、射精しないでイき続けた。

「ひっ……ひゃん」

苦しいのに、後孔は雄を根元までしっかり食い締めて快感を貪る。

とうに弥生の中心は萎《な》えて、蜜も出ない。

雌としての悦びだけで達している体を博次に曝し、甘えるように自分からも腰を擦りつける。

「もっと……博次さん……」

「ああ、私もまだ足りない。愛してるよ、弥生」

口づけを交わし、体位を変えて何度も愛を確かめ合う。

貪るような愛の営みは、翌日の昼まで続いた。

「消えてる！」

「これで、ひと安心だね」

ちょっと残念そうな博次に、弥生は不安になった。昨夜も弥生が眠る寸前まで、愛おしそうに猫耳を撫でていた博次にしてみれば、何の前触れもなく消えてしまったのはショックだろう。

「あった方が良かった？　なんか残念そう」

「いいや、これで君がここに住む理由がなくなってしまったから。それで……」

不安だったんだと呟く博次がなんだかとても愛おしい。

弥生はベッドの上で正座をすると、ぺこりと頭を下げる。

「博次さんの邪魔にならなければ、暫くいさせて下さい。高校もここから通う方が近くて便利だし」

「良かった。結婚まで同棲は駄目と言われたら、どうしようかと思った。もし君のお兄さん達に反対されたら、通い婚をするつもりでいるけどね」

「へ？」

「弥生は私の妻になってくれるんだろう」

余りにあっさり、結婚だ妻だと博次が言うが、弥生や兄が懸念していることは何も解決していない。

「けど僕じゃ跡継ぎが……だから前に猫になったら飼ってくれるって言ってもらえて、変な話、安心してたんです。考えてみたんですけど、卒業までは猫耳を消しておいて、その後でまた祀ってる猫神様に頼めば猫にして貰えるんじゃないかって」

「何故そんな事を、頼む必要があるんだい？」

心底不思議そうに聞き返されて、弥生の方が困惑する。

昨夜は彼の想いに頷いたけど、あくまで同居程度だと思っていたのだ。

「だって博次さんは、二条家の跡取りなんですよ。それに日本だと同性婚は無理です」

「書類上は、父の養子という形になる。二条家の後を継ぎたい親族は多くいるから、能力のある人材を選べばいい。第一、先代だった父も昔で言う分家の出だ」

とてつもなく楽観的な二条に、弥生は言葉もない。

「他に不安は？」

「……ありません」

「よかった」

心底嬉しそうな博次を前にして、弥生も深く考えるのをやめた。恐らく博次は、この考えを行動に移し現実にしてしまうのだろう。

そのくらいの力量がなければ、この若さで二条グループを纏めていられる筈がない。

――ま、いいか。

それに博次と一緒にいたいのは、弥生だって同じなのだ。

「これからも私の側にいてくれるね」

「僕でよければ」

どちらからともなく唇を寄せて触れ合いそうになった寸前、弥生のスマートフォンが鳴った。相手を確認すると父の名前が出ていたので、慌てて通話をオンにする。

多少の事情は誠司から聞かされていたのか、体調を気遣う遣り取りをした後、すぐに博次へ替わって欲しいと告げられスマートフォンを彼に手渡す。

「――はい、二条です。ええ、こちらはご安心下さい。はい……分かりました」

こちらも遣り取りは数分で済み、博次が通話を切る。

「父さん、なんて言ってました？」

「まだやることがあって、急いでいたみたいだから。概要だけ聞いたよ。倒れた伯父さんは、意識が回復して医者からも問題ないと言われたそうだ。あと、ご実家に戻っていた伯母さんは、何故か家を出てからの記憶がないらしい。介護疲れと診断されたようだが……」

「それも、祠の呪いでしょうか？」

「恐らくね。ともかく、伯母さんは本家に戻りたがっているようだからそちらも心配はないそうだ」

「よかった。でも祠を元に戻してないのに、どうして全部元通りになったのかな」

きっかけは、伯父が祠を『迷信だ』と言って壊してしまった事。建て直す方向で話は進めていたが、肝心の呪いの解き方や祀られていた謂《いわ》れなどは分かっていなかった。

「実はね。先日、独自に調べていた成果の連絡が来たんだよ。まだ途中だけれど、八割くらいは解明できている」

門脇側のアプローチとは別の方向から、色々と佐上家の先祖を調べてもらったのだと博次が続ける。

「実家の方々は祠とこれまでの祀り方を基準に考えていたようだけど、もし呪いなのだとしたらこの程度じゃ済まないんじゃないかと思ってね」

「それで、どうだったんですか」

弥生としては、これ以上被害を出したくないのが本音だ。不安げに聞くと、どうしてか博次が苦笑交じりに答える。

「化け猫騒動があったのは、事実のようだね。奥の蔵から出てきた古文書を解読してくれた学者も、珍しがっていたよ。当時の文化風俗を窺わせる伝承として、学術的価値がかなりあるらしい。ただ……」

「ただ？」

身を乗り出す弥生に、堪えきれない様子で博次が微笑む。

「君の家に祀られていた猫は、随分暢気《のんき》な猫だったようだ。その……呪いというより『お願い』だと古文書を読んだ学者が言っていたよ」

祀られていた猫は、元々は佐上家の飼い猫で大層可愛がられていたらしい。その猫の子もさらにその子も商家の猫として代々子を産み育てていった。祠を作ったのは特別猫好きな当主の時代だったという事だ。

あるとき猫は、代々受けた恩に報いたいと、大して力もないのに佐上家への恩返しをするのだと、夢枕に立った。

「それで祠を建てて、祀ったんですね」

「うん。古文書によると、夢に現れた猫は『子孫繁栄、幸福、長寿を見届ける場として、祠を目印に欲しがった』という訳だ。だから決まった日に、お供えや親族で集まる場が指定されてただろう？」

言われてみれば、弥生が幼い頃はどんなに忙しくても親戚が本家に集まっていたと記憶している。途切れたのは、伯父が留守がちになりお供えを確認する親族の出入りもなくなってからだ。

「本来、猫耳は未婚の女性に生えるものだったようだ。今の佐上家に適齢期の女性はいないから、とりあえず弥生にしたんじゃないかと――学者は私達の仮説を支持してくれたよ」

「……適当すぎ」

「子を産むのは雌だから、確実な三毛猫にしたんだろうね」

三毛猫は九十九パーセントの確率で雌なのだ。

散々振り回された結果、理由が呪いというより猫の恩返しだと分かって弥生は脱力する。

「けれど今回の事がなければ、君との出会いは難しかっただろうから。祠を建て直す前に一度本家に伺って猫にお礼を言わないといけないね」

博次の口から、ファンタジーとかロマンチックとしか言いようのない解釈が出て不思議な気持ちになる。しかしこのまま、はいそうですかと、まだ弥生は納得するわけにはいかない。

「念のためもう一度聞きます。本当の事を言って下さい」

真剣な顔で詰め寄り、博次の目を覗《のぞ》き込む。

「猫耳が消えたけれど、本当に僕でいいの？」

「君でなければ意味がない」

即答と同時に抱き寄せられて、口づけられる。

「私と結婚して欲しい」

真っ赤になった顔を見られるのが恥ずかしくて、弥生は彼の胸に顔を埋めて頷いた。

あとがき

はじめまして、こんにちは。高峰あいすです。

ルチル文庫様からは、十一冊目の本になります。読んで下さる皆様と、優しく厳しく接してくれる担当F様のお陰です。本当にありがとうございます。

では改めまして、この本を手にとって下さった皆様にお礼申し上げます。

素敵なイラストを描いて下さいました、のあ子先生。ありがとうございます！　ラフの段階で、表紙の弥生に萌え萌えしてました。

いつもご迷惑をおかけしている、担当のF様。駄目な私に根気強くお付き合いして下さって、感謝してます。

そして家族と友人のみんな、支えてくれてありがとう。

この本に携わってくれた全ての方に、頭が上がりません。

さて、このところ立て続けにケモミミ物なのは、私の抑え込んでいた趣味が爆発した結果です。

弥生の耳が「三毛柄」という点は、ささやかなこだわりです。雄の三毛猫が生まれる確率は数万分の一らしく（ネットで確認したものなので、はっきりした確率は分かりませんがとにかく稀少）、ほぼメス。そんな三毛猫の耳が受けに生えたら……と妄想した結果が、今回の弥生君です。

博次さんは典型的な『猫好きだけど、猫から避けられるタイプ』の方なので、触れなくても知識はあります。ただ知識が先行してしまってるので、暴走気味になってます。弥生君は人間ですから、コミュニケーションは問題ないですし、体の相性も良いので同居も続けられましたが……彼が弥生君の仲介無しで本物の猫と打ち解けられる日は、まだ先のことになるでしょう。


それでは最後まで読んで頂き、ありがとうございました。

……少し行数が足りないので、簡単に近況でも書きます。最近は体力作りを兼ねて、外歩きの時間を多くしました。美術館へ行ったり、お芝居を観たりと自分の知らなかった世界を知るのは刺激があって楽しいです。

涼しくなったら、近場に旅行に行こうかなと考えたりもしてます。

ではまた、お目にかかれる日を楽しみにしています。

高峰あいす公式サイト　http://www.aisutei.com/

✦初出　猫耳のお嫁様……………書き下ろし

高峰あいす先生、のあ子先生へのお便り、本作品に関するご意見、ご感想などは
〒151-0051 東京都渋谷区千駄ヶ谷 4-9-7
幻冬舎コミックス　ルチル文庫「猫耳のお嫁様」係まで。

幻冬舎ルチル文庫
猫耳のお嫁様

2016年8月20日　第1刷発行

✦著者　高峰あいす　たかみね あいす
✦発行人　石原正康
✦発行元　株式会社 幻冬舎コミックス
〒151-0051 東京都渋谷区千駄ヶ谷 4-9-7
電話 03(5411)6431[編集]
✦発売元　株式会社 幻冬舎
〒151-0051 東京都渋谷区千駄ヶ谷 4-9-7
電話 03(5411)6222[営業]
振替 00120-8-767643
✦印刷・製本所　中央精版印刷株式会社
✦検印廃止

ISBN978-4-344-83787-4　C0193　Printed in Japan